Wilhelm Raabe

Drei Federn: Erziehungsroman

e-artnow 2018

Eugenie Marlitt
Das Geheimnis der alten Mamsell (Liebesroman)

Scholem Alejchem
Anatevka: Die Geschichte von Tewje, dem Milchmann

Elisabeth Bürstenbinder
Vineta

Charles Dickens
Nikolas Nickleby

Eugenie Marlitt
Blaubart

Ludwig Ganghofer
Der Klosterjäger (Historischer Roman aus dem 14. Jahrhundert)

Eugenie Marlitt
Gesammelte Werke: Romane + Erzählungen + Gedichte: Das Geheimnis der alten Mamsell + Amtmanns Magd + Die zweite Frau + Das Heideprinzeßchen ... + Das Eulenhaus + Im Schillingshof...

Emile Zola
Das Paradies der Damen (Au bonheur des dames: Die Rougon-Macquart Band 11)

Charles Dickens
Klein-Dorrit

Agnes Sapper
Die Familie Pfäffling + Werden und Wachsen: Erlebnisse der großen Pfäfflingskinder: Zwei Klassiker der Kinder- und Jugendliteratur

Wilhelm Raabe

Drei Federn: Erziehungsroman

e-artnow, 2018
Kontakt: info@e-artnow.org
ISBN 978-80-273-1773-8

Inhaltsverzeichnis

I
Achtzehnhundertneunundzwanzig

Es ist eine naturhistorische Wahrheit, daß nicht alle Tiere, welche in größester Gesellschaft, inmitten eines Gewimmels von Brüdern und Schwestern, das Licht der Welt erblicken, später in dieser Gemeinschaft fröhlich und harmlos weiterleben. Im Gegenteil, bei den meisten Gattungen rennen oder fliegen, hüpfen oder kriechen die Individuen, sobald sie renn-, flug-, hüpf-oder kriechfähig, bei den Menschen aber denk-und prozeßfähig geworden sind, nach allen vier Weltgegenden hin auseinander, um, ein jedes für sich, den Weg zu – allem Guten zu suchen. Ich erinnere an die Spinnen und muß leider mitteilen, daß ich in einem ähnlichen Verhältnis aufgewachsen und demselben in ähnlicher Weise entwachsen bin. Auch ich bin nicht das einzige Kind liebender und ehrsamer Eltern; es gab mehr von meiner Art und meinem Geschlecht, und es war vor einigen zwanzig Jahren kein übel Gekribbel und Gekrabbel in dem alten Spinnennest, meinem Geburtshause. In der Tat, mein elterliches Haus hatte viel von einem Spinnennest. Es lag in dem ältesten, winkelvollsten Teile der Stadt, war ziemlich abgeschlossen von freier Luft und Sonnenschein und mußte jedem Unbefangenen dunkel, staubig, wurmzerfressen, kurz, als ein Greuel erscheinen.

Wir ernährten uns von der Handlung; aber niemandem konnte es einfallen, meinen Vater einen »königlichen Kaufmann« zu nennen; er war noch nicht einmal Hoflieferant, sondern nur »ein nützliches Mitglied der menschlichen Gesellschaft« und lieferte einer ziemlich bescheidenen Nachbarschaft ihren Bedarf an Kaffee, Zucker, Seife, Heringen, Essig, Öl, Sirup und Schwefelfaden gewöhnlich bar und selten »auf Rechnung«. Ich weiß mich nicht zu entsinnen, daß wir je ein Schiff nach dem Vaterlande des schwarzen Mohren, der vor unserer Tür Wache hielt, ausgesandt hätten; wir begnügten uns, unsere Vorräte aus zweiter oder dritter Hand einzuziehen. Unsere Firma war auf der Börse gänzlich unbekannt, und wir haben, soviel ich weiß, nur ein einziges Mal spekuliert, und zwar in einer neuen Art Glanzwichse. Das Schicksal hielt es natürlich für seine Pflicht, uns auf unsern Standpunkt zurückzuweisen; die Spekulation schlug glänzend fehl: wer gewichst wurde, das waren die Söhne meines Vaters, und es war ein Glück für den Mann, daß er seinen Zorn an uns auslassen konnte und ihn nicht in sich hineinzufressen brauchte.

Wir waren, alt wie jung, eine saure, griesgrämliche, dunkele, verstaubte, wurmzerfressene Familie; der Mohr vor der Tür schien mir das Bild behaglichster Heiterkeit, wenn mein Vater danebenstand, und alle jüngern Glieder der Familie wuchsen zu einer für den Fremden gewiß sehr lächerlichen Ähnlichkeit mit dem Alten auf. Auch meiner Mutter Äußeres und Charakter hatten unter den Widerwärtigkeiten und täglichen Kümmernissen, Kränkungen und Sorgen gelitten; meine Schwestern bestrebten sich, ihr körperlich wie geistig so ähnlich wie möglich zu werden: Knaben wie Mädchen waren wir die echten Kinder unserer Eltern. Ich halte es für eins der größten Wunder, daß mein Vater meine Mutter freite und daß meine Mutter sich von ihm freien ließ; sie waren dazu bestimmt, im ehelosen Stande ihr Leben hinzubringen, und sündigten an ihrem Hochzeitstage gegen die Natur. Wir, ihre Kinder, haben uns ein warnendes Exempel daraus genommen; meine Schwestern sind sämtlich auf dem Wege, alte Jungfern zu werden, meine Brüder sind so wie ich bis jetzt Hagestolze geblieben, und es ist keine Aussicht vorhanden, daß eine »unbewachte Minute« diesen Zustand verändere. Es nützte auch nichts, dieses saure Holzbirnen-Geschlecht in infinitum fortzupflanzen.

Jetzt bin ich mit Mühe und Not, mir selber und dem ärgerlichen Gewirr außer mir zum Trotz, dreißig Jahre alt geworden, darf und kann über manche Dinge mitsprechen und habe nicht nötig, mich von jedem naseweisen, ehrwürdigen Greise wegen altkluger Fürwitzigkeit abtrumpfen zu lassen; der Jugend will ich gern gestatten, daß sie über mich herfalle, sie hat schon eher ein Recht dazu.

Dreißig Jahre bin ich alt nach dem Kirchenbuch, nach meinem Lebensbuch jedoch um ein gutes Teil älter und danke meinem Schöpfer dafür; aber den Gott oder die Göttin möchte ich sehen, welche sich durch mein zu großes Lebensglück beleidigt oder gekränkt fühlen könnten. Ich durfte einen großen Schatz von Erfahrungen sammeln, und man weiß, was das heißen will.

Daß ich den Sack hier öffne und umstürze, achte ich für kein geringes Verdienst; mein gutes Herz, mein zu gutes Herz blüht auch hier wieder zu Tage, um eine bergmännische Redensart zu gebrauchen. Alle die, welche mich einen unausstehlichen Menschen nennen, verachte ich höchlichst; mein Magen ist aber nicht gut, und ich kann nicht alles vertragen, was ein anderer mit Behaglichkeit verdaut; über mein Gebiß habe ich mich nicht zu beklagen.

Ich bin Jurist – Advokat – und habe diesen Beruf gewählt, weil er mir am besten zusagte, weil er am meisten Gelegenheit gibt, feurige Kohlen auf das Haupt seiner Nebenmenschen zu sammeln. Ich bin *noch* Advokat, obgleich auch hier mein Herz mich wieder an meinem Wohlbehagen hindert; und um den Jammer vollständig zu machen, so ist es mir höchst widerlich, mich selbst zu rühmen.

Meine Eltern starben zu ihrer Zeit und hinterließen ein größeres Vermögen, als die Nachbarschaft erwartete. Ich muß ihnen nachsagen, daß sie das Ihrige getan haben, uns so gut als möglich für den Kampf mit dem Leben auszustatten. Sie sorgten dafür, daß alle ihre Sprößlinge fähig wurden, sich in irgendeiner Weise über dem Wasser zu halten. Zwei meiner Brüder erlernten die Handlung und errichteten zwei Läden gleich dem väterlichen, ein anderer meiner Brüder ist gegenwärtig Tierarzt in einer Provinzialstadt, ein vierter starb als Hauslehrer auf einem adeligen Gute an der Schwindsucht. Meine Schwestern wurden treffliche Haushälterinnen und Gesellschafterinnen älterer alleinstehender Herren und Damen aus dem soliden Mittelstande. Wir sehen uns selten und würden es, wie schon angedeutet, für zudringlich halten, wenn wir einander zu genau auf die Finger sähen. Wir sind einander in unsern Privatverhältnissen so fremd, wie man es nur verlangen kann; sonst aber leben wir friedlich miteinander, wenn auch nicht nebeneinander. Wir brauchen uns eben nicht, und unsere Charaktere sind zu gleichartig verdrießlich angelegt, als daß es ein Vergnügen sein könnte, uns gegenseitig zu suchen. An jedem Neujahrstage statten wir uns aber, wenn es irgend angeht, eine Gratulationsvisite ab und wünschen einander ironisch Glück dazu, daß wir uns noch am Leben finden. –

Was ist der Mensch? Es ist schade, daß diese Frage nur von ihm selber aufgeworfen und beantwortet werden kann. Ich möchte wohl einmal die Meinung irgendeines anständigen Tieres, eines Esels, Ochsen, Pferdes oder auch nur eines Flohs, darüber hören!

Was ist der Mensch? jedenfalls nicht das, was er sich einbildet zu sein, nämlich die Krone der Schöpfung. Das wäre wahrlich der Mühe wert, wenn alle diese Schichten, von denen die Gelehrten reden, samt allen ihren Gruppen und Tierbildungen sich übereinandergelegt und durcheinandergeschoben hätten, um endlich diesem »vollkommensten Geschöpf« seine Existenz möglich zu machen. Die Berechtigung zu existieren will ich ihm nicht streitig machen; aber zu sagen ist doch, daß das freundliche Mammut, das harmlose Mastodon, alle die anmutigen Saurier sowie das zärtliche Megatherium und das behagliche Riesenfaultier auch ihre Berechtigung hatten, sich für etwas zu halten. Jeder Hund und jede Katze, welche heutzutage in die Wiege des jungen Menschen gucken, müssen ihn bemitleiden, wenn sie ihn nicht verachten.

Wenn ich wüßte, was der Mensch ist, so würde ich es jedenfalls an dieser Stelle sagen; ich weiß es aber sowenig wie jeder andere und halte es für weit bequemer, auf den folgenden Seiten noch einige Einzelheiten meiner eigenen Menschwerdung auszukramen, als jene allgemeine Frage zu beantworten.

Ich *bin* ein Mensch; es würde nichts helfen, es zu leugnen; Engel wie Bestien würden sich dem widersetzen – tragen wir unser Schicksal also in Geduld, ohne noch ein Wort darüber zu verlieren.

Daß man einmal jung war, ist im dreißigsten Jahre nicht zu leugnen; ich würde auch diese Blätter nicht schreiben, wenn das Faktum zu bezweifeln stände. Es kostet mich freilich selber einige Mühe, diese Überzeugung festzuhalten, und somit darf ich mit andern, welche dem Dinge nicht so nahe stehen, über etwaige Ungläubigkeit nicht zu scharf rechten; ich muß es auf mich nehmen, ohne eine Injurienklage anzustellen, wenn ich aus dritter Hand die Behauptung in Empfang nehme, ich sei mit einer Brille, einem Hörrohr, einem Krückstock und in einem Flanellschlafrock zur Welt gekommen. Ich war auch einmal verliebt, ja ich liebte sogar; aber ich hatte nur das Vergnügen, bei dem Kinde meiner Angebeteten, welche einen andern heiratete, Gevatter zu stehen – lachen Sie doch, Marinelli! Da mehr als vierundzwanzig Stunden seit jenem feierlichen Moment hingegangen sind, so erzähle ich auch diese Geschichte mit Gleichmut. »Sine ira et studio« sagt Caius Cornelius Tacitus, wenn er voll Wut und Gift anfängt, die schmutzige Wäsche des cäsarischen Hauses vor den Augen der Mit-und Nachwelt zu waschen; ich aber bin anders – besser; ruhig lasse ich die Leichen der Vergangenheit auf der gemonischen Treppe verfaulen, und die Gespenster sollen mich nicht kümmern. Von allen Erdgeborenen weiß ein Jurist am besten mit den Gespenstern umzugehen; ein Ding, welches nicht mehr vor Gericht zitiert werden kann, ermangelt für ihn jeglicher Bedeutung; und wenn er – was geschehen kann – es zitieren muß, um einen Nebenmenschen in die Dinte zu reiten oder ihn daraus zu erretten, so tut er es zwar mit Pathos, aber doch mit innerlichster Verachtung und potenziertestem geistigem Achselzucken.

Ich bitte meine Leser, wenn ich jemals einen Leser haben sollte, dieses festzuhalten, sobald ich pathetisch werden sollte bei der Relation meiner Liebesgeschichte. »Wirf die Natur mit der Heugabel hinaus, sie kommt im Galopp zurück«, hat ein anderer weiser Mann gesagt, der auch seine Beziehungen zu dem cäsarischen Haus hatte, aber mehr Vergnügen und Nutzen daraus zog als jener grämelnde Historikus und Kalumniator; – Q. Horatius Flaccus wurde wohl auch einmal bei Hofe hinausgeworfen, aber kam lächelnd wieder, ohne die Unhöflichkeit übelgenommen zu haben.

Karoline war die Tochter aus der Apotheke zur Königin von Saba meinem elterlichen Hause gegenüber, und man roch es ihr an. Sie war das einzige Kind ihres Vaters und ihrer Mutter und deshalb eine gute Partie. Ihr Vater war der Apotheker Spierling, ein wohlhabender Mann, aber etwas reizbar und ein nicht sehr erquickliches Gegenstück zu meinem Papa, weshalb von ihm ebenfalls nur im Notfall die Rede sein wird.

Ich vernahm von der Geburt Karolines, ich sah sie in den Windeln auf dem Arme ihrer Amme, ich sah sie zur holden, wenngleich ein wenig kränklichen Jungfrau heranwachsen; alle schwärmerischen, romantischen Gefühle meiner Jugend durften sich zu ihren Füßen ablagern – es war ungemein traurig.

Karoline Spierling war ein gutes Kind; ihr Herz, ihr Charakter verdienten es, weich gebettet und gewiegt zu werden; allein das Schicksal hat seinen eigenen Willen, es läßt den Esel, der am Rande des Weges grast, zwischen seinen Disteln die hübscheste blaue Glockenblume abreißen und verschlingen und hört seinem schmatzenden Yha mit Behagen und ohne Gewissensbisse zu. Die Apotheke zur Königin von Saba gefiel meinem Freunde Joseph, er freite um die arme Karoline, und Karoline mußte sich von ihm freien lassen, denn mein Freund Joseph hatte für ihren Vater den rechten Geruch, den des Geldes und der Drogen: meine Gefühle durften sich kristallisieren oder versteinern, niemand hatte etwas dagegen einzuwenden.

Über der Tür der Apotheke saß die Königin von Saba, in halber Lebensgröße, in Holz geschnitzt. ich hatte sie in meiner Kindheit und während meiner ersten Jünglingsjahre bei jeder Witterung vor Augen. Der Regen wusch sie, der Hagel umtanzte sie, die Sonne trocknete sie, der Schnee setzte ihr eine weiße Haube auf; die gute Königin ließ sich alles gefallen. Zur linken Seite der Haustür (rechts von ihr befand sich die Offizin) am ersten Parterrefenster saß Karoline, nähend, Strümpfe strickend oder stopfend, und ließ sich ebenfalls alles gefallen. Ich sah auch sie bei jedem Wetter, und bei jedem Wetter erschien sie mir liebenswürdig, und je reifer an Jahren und je reifer an Verstand wir wurden, desto klarer mußte es uns werden, daß wir füreinander geschaffen seien.

Füreinander geschaffen sein! Das Unglück, die Verwickelungen, der Ärger, der Kummer, die Verzweiflung und die Lächerlichkeit, welche diese Phrase über die Welt gebracht hat, sind nicht auszudenken und auszusagen. Verschiedene Leute beiderlei Geschlechts (ich könnte sagen Freunde und Freundinnen; aber wer hat dergleichen?) haben mich versichert, daß sich hinter diesen Worten die meisten und ungeheuerlichsten Enttäuschungen verbergen und daß ich meinen Freund Joseph zu dem allergrößesten Danke verpflichtet sei. Sie sagten es gewiß nicht mit der Absicht, mich zu trösten; aber ich zog doch einen gewissen Trost daraus, als die Wunde noch frisch blutete. Jetzt bin ich darüber weg; das Wetter in meiner Seele mag sich ändern, wie es will, *diese* Narbe juckt nicht mehr.

Karoline Spierling ließ sich von ihrem Vater anknurren und saß still, sie ließ sich von mir anlächeln und lächelte verstohlen zurück. Wir tanzten auch zweimal in unserm Leben zusammen, und beim zweitenmal gestand ich ihr, daß ich nicht ohne sie leben könne, daß sie der Stern meines Daseins, die Sonne an meinem Himmel, daß sie ein Engel und meine Göttin sei. Sie schlug die Augen nieder und ließ sich auch dieses gefallen, ganz wie die Königin von Saba, welcher der König Salomo vielleicht etwas Ähnliches ins Ohr geflüstert hat, als sie ihn besuchte, um den Versuch zu machen, die schöne Sulamith bei Seiner Majestät auszustechen. Sie, nicht die Königin, sondern meine Ausgewählte, gestand mir leise und errötend, daß ich ihr »nicht gleichgültig« sei, und was diese Phrase zu bedeuten hat, ist auch nicht wenigen bekannt; sie steht im engsten Zusammenhang mit jener andern, welche lautet: Sprechen Sie mit meiner Mutter – meinem Vater – meinem Vormund.

Himmel und Hölle, weshalb verwies *sie* mich nicht an *ihren* Vater? Weshalb sprach *ich* nicht mit dem alten Giftmischer?

Ach, sie kannte den Mann, sie hatte eine heillose Angst vor ihm; sie wußte, wie sich der Tyrann gebärden würde, wenn ich, beider Rechte mittelloser Beflissener, es wagen sollte, vor ihm zu erscheinen, um das von ihm zu erbitten, was er doch eigentlich gar nicht zu schätzen wußte, den Besitz seiner Tochter. Sie zog ein Döschen mit Pfefferminzküchelchen hervor, um sich gegen diese Vorstellung zu schützen. Sie bot auch mir die Dose – es war während einer Pause des Kotillons –, und verzweiflungsvoll griff ich dankend zu und stärkte mich ebenfalls. Unter dem Einfluß dieses angenehmen Reizmittels und den Tönen eines elegischen Walzers kamen wir zu dem bittersüßen Entschluß, unsere Liebe für jetzt geheimzuhalten, uns ewig treu zu bleiben und lieber zu sterben, als einem andern oder einer andern anzugehören. Dann tanzten wir weiter, aller jugendlichen Torheiten, Entzückungen und Schmerzen voll, wahrlich, wir waren sehr jung, wirklich sehr jung, sehr dumm und sehr mit uns zufrieden. Könnte man eine derartige gehobene Stimmung durch das ganze Leben konservieren, so würde es sich wohl ertragen lassen.

Nach diesem inhaltreichen Ballabend betrachtete ich die Königin von Saba als mein unbestrittenes Eigentum und schloß eine innige Freundschaft mit meinem Spiegel. Ich verwandte viel kostbare Zeit auf die Schleife meines Halstuches und ordnete mit Kunst mein lockiges Haar. Sämtliche auf unsern Fall einschlägige Stellen des kanonischen Rechtes trug ich zusammen, und mehr als einen langen Sommernachmittag habe ich über dem großen und schlauen Worte verträumt:

»Solus cum sola non praesumitur orare Paternoster.«

Zu deutsch: Es steht nicht vorauszusetzen und ist nicht zu verlangen, daß, wenn einer mit einer allein in der Sofaecke sitzt, einer mit einer das Vaterunser bete. Aber ach, wir erhielten die Gelegenheit, solus cum sola zusammen zu sein, nie wieder. Der schmauchende Mohr vor unserer Tür und die Königin aus dem Morgenlande gegenüber hätten das eher fertiggebracht als wir beiden armen Kinder. Zwischen unsern Vätern brach ein Streit aus, der lustig wucherte und zur tödlichsten Feindschaft gedieh. Während eines furchtbaren Platzregens hatte jeder der beiden Hausbesitzer die verderblichen Fluten von seinen Kellerlöchern abdämmen wollen, und jeder hatte sie dem andern hineingetrieben. Hinc illae lacrimae – diese schlammigen Wasser spülten jegliche nachbarliche Zuneigung aus den Herzen unserer Erzeuger fort und setzten Karoline und mich vollständig auf den Sand. Alle Korrespondenz mit dem Feinde wurde bei Lebensstrafe untersagt, und es stand uns nur frei, uns wieder gehoben in unserm Schmerz zu fühlen und den Reiz, uns als »Opfer« zu betrachten, auszukosten. Ich bestand zwischen Hängen und Würgen mein zweites Examen und wurde als Akzessist an das Stadtgericht eines nichtsnutzigen Provinzialnestes gesetzt, wo ich eine Abhandlung über den Selbstmord schrieb und zu Fidibus verbrauchte, ein Zeichen, daß etwas mehr in mir steckte als in andern jungen Gemütern, welche in solcher Stimmung Gedichte machen und dieselben sogar auf eigene Kosten drucken lassen. Weder meine geistigen noch meine pekuniären Mittel erlaubten mir solchen Unsinn.

Reden wir von meinem Freunde Joseph Sonntag!

Wenn Karoline und ich von unsern Vätern manches zu erdulden hatten, so litt mein Freund Joseph an seiner Mutter, doch angenehmer als wir. Sie war die begüterte Witwe eines berühmten Konditors in einer der Hauptstraßen der Stadt und verzog und verfütterte meinen Freund, ihr einziges Kind, wie das unter solchen Umständen nicht selten ist. Süßigkeiten jeder Art wurden an ihn verschwendet und machten ihn zu dem, was er später war, zu einem gelblichen, geschwollenen, dick-und hohlköpfigen Günstling der Götter.

Es gibt kluge Leute, welche es unter ihrer Würde halten, an Inspirationen zu glauben; diese Leute möchte ich auffordern, gefälligst das Sein des ersten besten Dummkopfes ihrer Umgebung und Bekanntschaft zu prüfen. Es hat niemand soviel glückliche, geistreiche, nutzen-und vorteilbringende Inspirationen als ein solcher normaler Wasserkopf, an welchem die Welt verzweifeln möchte. Mein Freund Joseph verzweifelte niemals an sich; da er Lagen, in welchen andere Leute sich aufzugeben pflegen, nicht begriff, so waren sie eigentlich gar nicht für ihn da. Wie ein Korkstöpsel schwamm er auf den Wassern des Lebens und segelte ruhig den Rinnstein herab bis zu dem dunkeln, widerlich-unheimlichen Loch, in welches wir allesamt herniedermüssen.

War es nicht eine wahrhaft göttliche Inspiration dieses süßen Jünglings, als er das bittere, gesunde Geschäft eines Apothekers zu seinem Lebensberuf machte? Mochte sie vermittelst des Hirns oder des Magens in diese unsterbliche Seele geleitet sein, einerlei, sie mußte jedem denkenden Menschen bewunderungswürdig erscheinen.

Wir hatten zusammen auf der Schulbank gesessen, und er verehrte mich sehr und wußte mich instinktiv nach allen meinen Fähigkeiten zu würdigen. Er schloß sich an mich, wie der Schwache sich an den Starken zu schließen pflegt; er nahm es immer für eine Ehre, mir alle möglichen kleinen Dienste zu leisten; – er war stets ein guter Kerl und mein Freund und teilte mir alle seine Geheimnisse, seine Leiden und Freuden warm aus dem Ofen mit, ohne dasselbe von mir zu verlangen. Ich kannte ihn durch und durch, wozu freilich nicht viel gehörte; er litt auch unter dem Wahn, daß wir füreinander geschaffen seien, und ich ließ ihn in demselben, da seine Zuneigung selten in Zudringlichkeit überging.

Er wußte nicht, wie verliebt ich in Karoline war, denn ich hatte es nicht für nötig erachtet, ihn mit dem Umstand bekannt zu machen; er war zu sehr Freund, um selber an das Verlieben denken zu können; aber an dem Tage, an welchem ich, Verzweiflung im Herzen, auf der Post nach Hohennöthlingen fuhr, um meine Akzessistenstelle anzutreten, kam ihm eine neue, wundervolle Inspiration: er trat als Provisor beim Nachbar Spierling ein und fing an, unter dem Zeichen der Königin von Saba seine Gifte zu mischen. Ein halbes Jahr später schrieb er mir entzückt, selig, außer sich, das Leben sei der Güter höchstes nicht, aber Karoline Spierling, *seine* Karoline, sei die Krone und das höchste Glück des Lebens. Er legte eine feingestochene Karte bei, auf welcher sich Joseph Sonntag und Karoline Spierling mir – *mir* als Verlobte empfahlen. Man erwartete wahrscheinlich, daß ich ebenfalls entzückt, selig und außer mir umgehend meine besten Glückwünsche zurücksenden werde.

Ich tat es.

Ich werde natürlich nicht durch eine ausführliche Schilderung meines damaligen Seelenzustandes langweilen; die Geschichte ist schon zu oft dagewesen, als daß man ihr noch irgendeine interessante Seite abgewinnen könnte, was auch wieder eine so gemeinplätzliche Bemerkung ist, daß ich fast nicht umhin kann, mich ihrer zu schämen. Nachdem ich mich acht Tage lang nicht rasiert hatte, rasierte ich mich wieder, und nachdem ich ein halbes Jahr, großen Ekel vor den Frauen, der Welt und der Juristerei im Busen tragend, umhergelaufen war, wurde ich mit Genuß Jurist, beschloß jedoch, den Staatsdienst zu verlassen und den Dienst meines Ichs als Advokat zu kultivieren. Zwei Jahre lang arbeitete ich in einer andern Provinzialstadt auf dem Büro eines Notars, der auch nicht viel von der Welt hielt, sich jedoch das Leben darin so angenehm als möglich machte und meine Erziehung segensreich vollendete.

Als ein unendlich angenehmer, wenn auch etwas verbissener junger Mann ging ich aus seinem Prozessuarium hervor, alt an Erfahrung, ein nicht übler Schachspieler, fähig, den stärksten Punsch zu brauen und zu vertragen. Daß mir sehr viele Leute aus dem Wege gingen, ergötzte mich mehr, als es mich kümmerte; ich hatte mir vorgenommen, nicht allzu zuvorkommend gegen die Menschheit zu sein, und darf mit gutem Gewissen sagen, daß sich niemand in dieser Hinsicht über mich zu beklagen haben wird.

Zu Anfang des dritten Jahres nach Empfang jener beseligenden Mitteilung meines Freundes Joseph kam ich nach der Hauptstadt zurück, errichtete nach Überwindung der gewöhnlichen Hindernisse meine eigene Rechtsbude und fing nach Bereinigung sämtlicher Kosten mit fünfundsiebzig Talern bar, auf welche keiner, selbst mein Papa nicht, einen legalen Anspruch erheben konnte, zum Wohl und Besten des Publikums das nützliche Geschäft an, und Publikus gab mir die mir zukommende Ehre und nannte mich »Herr Doktor«, in der Voraussetzung, daß ich ihm in seinen Gebrechen helfen könne und es mir auch zur Ehre rechne.

Meine Eltern starben, beiläufig gesagt, ziemlich um dieselbe Zeit; das mürrische Haus gegenüber dem Nachbar Spierling, der Königin von Saba, wurde verkauft, meine Geschwister waren ihre eigenen Wege gegangen; nichts hinderte mich, mich dem beschaulichsten Egoismus hinzugeben. Keine süße Jugenderinnerung störte mich in meiner froschkühlen Gemütlichkeit; ich war ein sehr innerlicher Mensch und Advokat mit Leib und Seele; daß ich ein wohlhabender, wenn nicht reicher Mann werden würde, konnte keinem Zweifel unterliegen.

Aber ich fing klein an. Den ersten klingenden Nutzen zog ich aus den Püffen und Knüffen, welche in den niedrigen Spelunken meiner Nachbarschaft ausgeteilt und empfangen wurden. Es dauerte eine geraume Zeit, ehe ich das schönere Geschlecht in seinen zarten Klagen und Forderungen dem stärkeren Geschlecht gegenüber vor Gericht vertreten durfte, und noch viel länger hatte ich zu warten, ehe mich ein Mann aus den anständigen Ständen für würdig achtete, ihm seine Liebe zum Nächsten betätigen zu helfen. Lassen wir das, und wenden wir uns zu Angenehmern.

Nach meiner Rückkehr zur Stadt hatte ich lange geschwankt, ob es angemessen sei, daß ich meiner Verlobten, der jetzigen Frau Karoline Sonntag, und meinem Freunde Joseph einen Besuch abstatte oder nicht. Nachdem ich mein Büro eingerichtet und mein Schild an die Tür genagelt hatte, entschied ich mich für das erstere. Ich glaubte diese Höflichkeit jener im Buche meines Lebens umgeschlagenen sentimentalen Seite schuldig zu sein.

An einem heitern Sonntagmorgen machte ich unter dem weichstimmenden Geläut der Kirchenglocken mit außergewöhnlicher Sorgfalt Toilette für diesen Besuch, welchen eine Kondolenzvisite zu nennen ich mir das Recht bescheiden vindizierte. Mit feuchten Augen legte ich den Frack an, und als ich nach elf Uhr in die Droschke stieg, welche mich zur Königin von Saba bringen sollte, fühlte ich ebenso milde, ebenso wohlwollend und ebenso befriedet wie irgendeiner der Pastoren, die jetzt schnellern Schrittes aus ihrer Predigt ihrem Sonntagsbraten zueilten. Während mein Körper über das holprige Pflaster dahingerüttelt wurde, ging meine Seele auf Sammetschuhen über alle moralischen Unebenheiten ihren Weg zur Apotheke der Königin von Saba, zu den Herren Spierling und Schwiegersohn, zu *ihr*.

Der Wagen hielt eher, als mir angenehm war; ich hatte mich meinen Gefühlen hingegeben, und jetzt wurden sie ab-, auseinander-und durchgerissen; ich hatte auszusteigen und den Kerl, den Kutscher, zu bezahlen. Ein Trinkgeld gab ich für *diese* Fahrt nicht.

Da stand ich und sah mich um. Die Gasse hatte sich wenig verändert, viel weniger als meine Karoline, wie ich nachher fand. Mein väterlicher Mohr, jetzt der Sklave eines neuen Herrn, schmauchte in alter Behaglichkeit auf seinem Pfosten. Die Königin von Saba hatte noch ein wenig mehr von ihrer Farbenpracht und Vergoldung eingebüßt; am besten hatte sich der Geruch von alten Käsen, alten Heringen und Drogen in der Gasse erhalten. Kein Wind schien imstande zu sein, diesen Duft fortzuführen; er saß zu fest im Gemäuer und im Gebälk.

Ich besann mich nicht länger; auf der Flucht vor der Lust umzukehren trat ich in das Haus, welches vor nicht gar langer Zeit noch meinen Himmel und meine Seligkeit eingeschlossen hatte. Hinter der wohlbekannten Glaswand, welche die Apotheke von dem Hausflur trennte, sah ich meinen Freund Joseph Pillen drehen und den Schwiegervater in einen Topf riechen, auf welchem unter einem Totenschädel das Wort *Gift* ebenso deutlich zu lesen war wie auf seinem gelben Gesicht. Kläglich und geschwollen wie immer sah mein Freund Joseph aus, und beide

Herren waren so sehr in ihre Beschäftigung und ihren Mißmut vertieft, daß sie mir die beste Gelegenheit gaben, sie mit Muße und Rührung zu betrachten.

Eine Photographie der Miene meines Freundes, nachdem ich durch ein bescheidenes Räuspern seine Aufmerksamkeit auf mich gezogen hatte, hätte dann jedem photographischen Aushängekasten zur Zierde gereicht.

Er errötete, so gut es ihm bei seiner Komplexion möglich war; er warf das fettige, schwarze Haar so ruckartig zurück, daß er sich fast den Kopf abgeschleudert hätte.

»August!« rief er.

»Joseph!« sagte ich.

Er kam mir in der Tür des Glasverschlages entgegen; er wagte es, mich zu umarmen, er hätte mir einen Kuß auf die Lippen gedrückt, wenn ich der unzurechnungsfähigen Gerührtheit nicht durch eine geschickte Flankenbewegung entgangen wäre. Ich grüßte über die Schulter des Menschen den Schwiegerpapa, der in mir den Sohn meines Vaters sah und in allen seinen gekränkten Kellerlöchergefühlen, die aufs neue sich emporbäumten, von meinem Gruße die möglichst widerwilligste Notiz nahm, ohne sich dadurch in meiner Zuneigung und Hochachtung Schaden tun zu können.

»Bist du es denn wirklich, August? Bist du es in Fleisch und Blut?«

»Wie du siehst, Joseph. Ich freue mich herzlich, dich so wohl und glücklich zu sehen. Was macht die Frau? Werde ich sie sehen können? Darf ich ihr meine Glückwünsche jetzt auch mündlich ausdrücken?«

»Gewiß, gewiß! Sie wird sich unendlich freuen; sie spricht viel und stets mit der größten Achtung und Liebe von dir.«

›Die Gute!‹ dachte ich; aber der Papa Spierling ließ mir nicht Zeit, es zu sagen. Hüstelnd kam er heran, seine Giftbüchse in der Hand, als wolle er sie mir präsentieren:

»Eh, eh, Herr Notarius – große Achtung – sehr große Zuneigung – freut mich ebenfalls, Sie so wohl zu sehen. Ihr Herr Vater – eh, eh, sehr guter Freund von mir – angenehmer Nachbar – hat mir sehr leid getan, ihm die letzte Ehre geben zu müssen – Gallenfieber – sehr bitter – sehr schöne Grabrede – würdiger Mann. Eh, eh, wollen zu meiner Tochter? Nachträglich Glück wünschen – drei Jahre; – sehr liebenswürdig – schmeichelhaft sehr! – Haben aber auch recht, Herr Notar – liebes Kind, sehr glücklich verheiratet – vergrößertes Geschäft – trefflicher Schwiegersohn. – Guten Morgen – besten Appetit!«

Er setzte seine Büchse auf den Tisch mit einer Handbewegung, die nur bedeuten konnte: »Bedienen Sie sich, ohne Umstände!« Dann hüstelte er mit einem pagodenhaften Nicken zur Tür hinaus, und Joseph und ich sahen ihm nach, doch auch hier war es nicht dasselbe, wenn zwei dasselbe taten. Nach einer Pause, während welcher jeder das Seinige gedacht hatte, setzte Joseph den Gifttopf mit dem Totenschädel und den gekreuzten Knochen an seine Stelle zu den übrigen Unflätereien aufs Brett dicht neben die Büchse mit dem Album Graecum; was aber am giftigsten war und am widerlichsten roch, das hatte, meiner Meinung nach, die Apotheke in einer schmutzigen Flanelljacke und bunten, niedergetretenen Pantoffeln soeben verlassen.

»Komm jetzt zu meiner Frau«, seufzte Joseph, und ich hielt es für meine Pflicht, mit ihm zu seufzen.

Wir stiegen die Treppe hinauf, und nach einigen Augenblicken saß ich meiner frühern Verlobten gegenüber, sehr bequem, mit dem Rücken gegen den hellen Sonnenschein, so daß ich alles ganz genau betrachten konnte, sowohl das schauderhaft ähnliche Porträt des Papa Spierling an der Wand über dem Sofa als auch die gute Karoline auf dem Stuhl mir gegenüber.

Mein Freund Joseph schien »abgefärbt zu haben«. Bleich war meine Verlobte immer gewesen; aber jetzt war sie schmutzig gelb; ihr Teint glich leider ganz und gar dem meines Freundes – halb Zuckerbäcker, halb Apotheker – von beiden das Schlimmste. Sie schien das zu sein, was man auch außerhalb der Bühne und der Romane »nicht glücklich« nennt.

»Meine Frau leidet sehr am Magen«, sprach mein Freund, und ich hätte ihm einen Tritt versetzen mögen. Karoline lächelte, aber schwach, und sagte:

»Also Sie sind doch gekommen, Herr Doktor! Mein Mann war fest davon überzeugt; ich aber hoffte –«

Sie brach ab und schwieg. Ich schwieg; Joseph jedoch hielt es für seine Pflicht, den Satz zu beendigen.

»Ja, sie hoffte nur darauf, wollte aber nicht daran glauben; – weißt du, die Frauen dürfen eigentlich nur an die Liebe, nicht aber an die Freundschaft glauben.«

Ich sah meinen Freund recht starr an; – hatte seine Frau auch abgefärbt? Erst nach einigen Augenblicken gewann ich die Überzeugung, daß er durchaus nicht wußte, was er da eben gesagt hatte. Es war nicht seine Schuld.

»Hat Joseph mit seiner Behauptung recht?« fragte ich, indem ich mich an Karoline wandte.

Sie rief erregt und bewegt, mir einen flehentlichen Blick zuwerfend:

»Gewiß nicht! O gewiß nicht! Wir haben die Freundschaft sehr, sehr nötig.«

Ich ließ das auf sich beruhen und erkundigte mich nach diesem und jenem, was nicht soviel Anlaß zur Kontroverse darbot. Immer friedfertiger, milder und weicher stimmte sich meine Seele; als ich Abschied nahm, tat mir Karoline leid, ich bereuete fast, hergekommen zu sein, und mehr konnte man doch füglich nicht von mir verlangen. Nunmehr wußte ich, daß weder mein Freund Joseph noch seine Frau die meiste Schuld an ihrer Verheiratung trugen; der alte Satan in gelbem Flanell und in den niedergetretenen Pantoffeln konnte besser darüber Rechenschaft geben, wie die beiden Leutchen zu solchem Ding gekommen seien, als die beiden Leutchen selbst.

Ich nahm mir vor, die Apotheke zur Königin von Saba nicht mehr zu betreten und die beiden harmlosen Kinder ihrem Glück, das heißt ihrem Schicksal zu überlassen; aber – quo fata trahunt retrahuntque sequamur; es ist immer übel und gewissermaßen unbedacht, etwas ganz bestimmt und sicher abzulehnen. Als ich im Sonnenschein und sabbatlicher Gehobenheit vor der Tür der Apotheke stand und allerlei bizarre, phantastische, unbestimmbare mouches volantes mir vor den Augen vorüberfuhren und -flimmerten, ahnte ich nicht, daß ich in nicht allzu langer Zeit, doch unter sehr veränderten Umständen in diese Tür wieder eingehen würde.

Wäre ich ein Poet, was ich, Gott sei Lob und Dank, nicht bin, so wäre mir jetzt die schönste Gelegenheit gegeben, einen ungeheuern Effekt hervorzubringen, indem ich mich auf den Kopf und alle Gegensätze in das rechte tragische Licht stellte. Ich erzähle jedoch nur ganz einfach das, was geschah, und auch dieses halte ich für ein Verdienst, denn es ist merkwürdig genug und ein nicht zu verachtender neuer Beweis von der Unergründlichkeit des Weiberherzens.

Mein nützliches, wohltätiges Geschäft erhob sich weder schnell noch sicher; ich hatte böse Zeiten und eine böse Konkurrenz zu überwinden und hungerte mit meinem Schreiber Pinnemann um die Wette. Wir würden die schwarze Suppe der Lakedämonier wahrscheinlich mit ungemeinem Behagen verzehrt haben.

Und wie wir hungerten, so dursteten und froren wir, letzteres vorzugsweise in dem Winter, von welchem jetzt die Rede sein wird. Es sah kahl um mich aus, kahl in jeder Beziehung, und Pinnemann, ein kluger junger Mensch von sechzehn Jahren, den ich von der Straße aufgegriffen hatte, sah so dünn, frostig und gefräßig aus, daß es kein Trost war, ihn zur Gesellschaft sich gegenüber zu haben; zwei halb verhungerte Ratten in einem leeren Küchenschrank mochten sich so behaglich fühlen als wir beiden Winkeladvokaten in unserm dunkeln, kalten Loch.

Draußen gebärdete sich der Wind wie ein Gerichtsexekutor, der an eine verschlossene Tür mit dem Stockknopf pocht; er schnob entsetzlich und schlug Schnee und Regen durcheinander, daß den Wanderern in den Gassen Hören und Sehen vergehen mußte. Die Gaslaterne vor dem Fenster warf ihr flackerndes Licht über unsern trostlosen Schreibtisch und über die kahlen Wände; und die Lampe, welche das, was ich schrieb und was Pinnemann abschrieb, beleuchtete, flackerte auch. Der Wind fand durch mehr als eine Ritze und Spalte Eingang zu ihr und uns, und jedesmal, wenn ich in meinem Jammer nieste, sagte Pinnemann:

»Zur Gesundheit, Herr Doktor.«

Hätte ich die geringste Spur von Ironie auf seinem Gesicht entdeckt, ich weiß nicht, was ich getan hätte. Wir hatten uns den ganzen Tag über mit einer Kneipen-Prügelei, während welcher einem biedern Landmann, von dem es zweifelhaft war, ob er einen Ochsen oder ob der Ochs ihn in die Stadt gebracht hatte, die Uhr gestohlen worden war, beschäftigt, ohne dabei und dadurch warm geworden zu sein; jetzt schlug es sieben Uhr, und wir waren fertig – nicht mit unserer Arbeit, sondern mit unsern Kräften und unserer Geduld.

»Pinnemann«, sagte ich elegisch, »Pinnemann, schließen Sie die Laden und scheren Sie sich zum Teufel; ich kann Ihre trübselige Visage nicht länger ansehen. Frieren Sie auf eigene Rechnung; – hier haben Sie fünf Silbergroschen zu einem Glas Grog.«

»Ich gebe mich Ihnen dankbarlichst zu Protokoll, Herr Doktor«, sagte Pinnemann weinerlich. »Aber wenn Sie erlauben wollen, so hätte ich noch ein Wort mit Ihnen zu sprechen; – ich bitte gehorsamst –«

»Heraus damit! Mensch, Mensch, bringen Sie mich nicht durch Ihr Mienenspiel zur Verzweiflung!«

Pinnemann zog ein blaukariertes Taschentuch hervor, schluchzte, wischte sich die Augen und sagte:

»Herr Doktor, es geht mir schwer, sehr schwer ab; aber, aber ich kann es nicht länger bei mir behalten. Herr Doktor, ich bin eine arme Waise, und Sie haben wie ein Engel an mir gehandelt; aber wir müssen uns doch trennen, so leid es mir tut.«

»Darf ich um den Grund bitten?«

Pinnemann neigte bedachtsam das Haupt und sprach:

»O gewiß, es würde sehr undankbar sein, wenn ich Sie darüber im unklaren ließe; Herr Doktor, Sie sind zu edel für mich, ich fühle mich unsern geschäftlichen Grundsätzen nicht länger gewachsen. Ein armer Teufel wie ich, der nichts weiter hat als seine fünf geraden Sinne und sein bißchen Menschenverstand, kann es auf diesem Wege nicht weiter als bis zum Verhungern bringen. Herr Doktor, ich bin nicht weit davon; mein Magen und meine Vernunft ertragen es nicht länger, und somit –«

»Somit wünschen Sie, Ihre eigenen Wege zu gehen, um zu einem behaglicheren Ziel zu gelangen?«

Der Schuft zog die Achseln in die Höhe und spreizte die Arme und Hände aus, als wolle er sich gegen alle möglichen Mißdeutungen meinerseits dringendst verwahren; ich aber sah ihn gerührt an und sagte:

»Pinnemann, Sie sind ein lieber, ein vortrefflicher Mensch; es würde das größte Unrecht sein, wenn ich Ihnen auf Ihrem Wege zu – zu Ihrem Verdienst das geringste Hindernis in die Bahn legen wollte. Ich habe Sie nur schon allzu lange aufgehalten, Sie trefflicher junger Mann; – schließen Sie die Laden und gehen Sie, wohin Sie Ihr Herz treibt. Schuldig bin ich Ihnen nichts mehr?«

»Einige unbedeutende Auslagen – aber ich will Sie nicht drängen, Herr Doktor. Ich würde es für eine Sünde halten, Ihnen unbequem zu werden, Herr Doktor.«

So schnell als möglich zahlte ich der Kanaille ihre »unbedeutenden Auslagen«; und mit dem Taschentuch vor den Augen verließ Pinnemann mein Büro; ich war allein in dem leeren, baufälligen Küchenschranke: die klügere Ratte hatte ihn verlassen!

Der flackernde Schein der Straßenlaterne war durch die geschlossenen Laden ausgesperrt; aber der Wind ließ sich nicht aussperren; ich fühlte eine große Leere in mir, und der Gedanke, längst zu der Überzeugung gekommen zu sein, daß Völker und Individuen die Berechtigung haben, zu glauben, die Welt sei nur für sie allein geschaffen, gewährte mir, selbst diesem Schufte gegenüber, nicht die geringste Befriedigung. Ich fing wieder an, mich nach allerlei Dingen zu sehnen, die ich voraussichtlich auf Erden nicht erhielt und von welchen ich auch wirklich bis dato wenig genossen habe, obgleich manches darunter war, welches ich wohl durch mein Geld hätte erkaufen können.

Mein Büro ist natürlich zu ebener Erde gelegen; denn eine gute Hälfte meiner Klienten erscheint gewöhnlich in einem sehr angetrunkenen, sehr schwankenden und hinfälligen Zustande und würde nicht fähig sein, die bequemste Treppe zu ersteigen. Es befindet sich in einem Hause, welches sich durchaus nicht zu den anständigen zählen kann. Mancherlei Pack bewohnt mit mir den baufälligen Kasten, und in dem Alkoven, welcher an mein »Geschäftszimmer« stößt und mir als Schlafgemach dient, werde ich nicht nur von meinen Gedanken, sondern fast noch mehr von Wanzen geplagt. Da ich es für einen Ruhm halte, in allen Angelegenheiten des Lebens so billig als möglich zu sein, so speiste auch mich das Leben so billig als möglich ab. Die Moira schien aber von der Idee auszugehen, daß ich es nicht besser verlange.

Das war ein Abend, um den Teufel zu beschwören, seinen Schatten zu verkaufen oder den Besuch eines Gespenstes zu erwarten. Letzteres kam ungefähr zehn Minuten nach neun Uhr.

Um zehn Minuten nach neun Uhr, während eines heftigen Windstoßes, klopfte es an meiner Tür und jagte mich kerzengerade aus meinem Brüten auf, und es war ein Wunder, daß ich »Herein!« rufen und nach fünf Minuten halb blödsinnigen Hinstarrens sagen konnte:

»Nimm Platz, Joseph!«

Wenn mein Freund Joseph Sonntag auch sonst durchaus nichts Gespensterhaftes in seinem Wesen und seiner Erscheinung hatte, so machte er selbst und sein Erscheinen an diesem Abend vollständig den Eindruck desselben auf mich, und es war nicht zum Verwundern. Er war naß und bleich und brachte einen Regengeruch und Leichenduft mit in das Zimmer. Seine wasserblauen Augen quollen aus ihren Höhlen und stierten umher, ohne etwas zu sehen. Er fiel auf den Stuhl, welchen ich ihm unterschob, wie ein Automat; was ihm begegnet war, konnte ich nicht wissen, und so mußte ich mit untergeschlagenen Armen warten, bis er imstande war, es mir mitzuteilen.

Endlich sagte er, zwischen jedem Worte nach Luft schnappend:

»Du hast meinen Brief vorgestern erhalten, August?«

»Natürlich. Es war eine sehr erfreuliche Nachricht; ich habe dir ja auch auf der Stelle auf demselben Wege durch die Stadtpost das beste Glück zu dem fröhlichen Ereignis gewünscht. Mutter und Kind befinden sich hoffentlich wohl?«

»Meine Frau ist sehr krank!« sagte mein Freund Joseph, und ich war aufgesprungen, hatte ihn an beiden Schultern gepackt, ohne – das Recht dazu zu haben; er aber hatte es geschehen lassen, ohne von seinem Rechte, mich abzuschütteln, Gebrauch zu machen.

»Deine Frau – Karoline – deine Frau ist krank? Wie siehst du aus, Mensch? Was ist geschehen? So sprich doch!«

»Ja, es ist alles gut vorübergegangen – wir dachten, nun sei alles überwunden; – – O August, August, sie liegt im Sterben, der Arzt hat mich auf das Schlimmste vorbereitet, und nun – nun will sie dich sehen, will mit dir sprechen – eine Droschke hab ich unterwegs aufgegriffen – wenn du ihren Wunsch erfüllen willst?«

» *Mich* will sie sehen? Mit *mir* will sie sprechen? Liegt sie im Phantasieren, Joseph?«

»Nein, nein. Ihre Sinne sind klar, ganz klar; o viel klarer als die meinigen; denn ich weiß nicht, was ich tue, was ich sage, was ich tun und sagen soll!«

Ich sah meinen Freund an und glaubte ihm aufs Wort; er sah in der Tat aus, als ob er nicht viel von sich und seiner Umgebung wisse; er tat mir leid, obgleich er auch in diesem Augenblicke nur eine Nebenperson war.

»Wenn es sich so verhält, wie du mir mitteilst, so werde ich dich begleiten. *Sie* will mich sehen! *Sie* will mit mir sprechen! Gedulde dich einen Augenblick, Joseph; ich bin sogleich zu deiner Verfügung.«

Ich hatte nicht viel zu verschließen; Überrock, Hut und Regenschirm waren leicht gefunden; einige Minuten später saß ich an der Seite meines Freundes im Wagen, wir fuhren durch das Schnee-und Regenwetter, durch die stürmische Nacht nach der Apotheke zur Königin von Saba, und daß ich kein schlechter Mensch sei, hätte mir wiederum klarer werden müssen, wenn ich Zeit gehabt hätte, meine Seelenregungen zu zergliedern. Als der Wagen hielt, fürchtete ich mich, und als ich beim Trepphinaufsteigen das Geschrei des jungen Sonntags vernahm, wußte ich nicht, was ich mit mir anfangen solle; dann aber stand ich in dem dunkeln, heißen Gemach, in welchem die kranke Karoline lag, und mein Freund Joseph und die Wärterin wurden hinausgeschickt: ich erfuhr, was Karoline mir zu sagen hatte, sie entschuldigte sich, weil sie mich nicht zum Mann bekommen hatte, setzte mir auseinander, daß es nicht ihre Schuld gewesen sei; sie empfahl mir sodann ihren wackern, guten Joseph, der ihr nie etwas zuleid getan habe, und ihr Kind. Als ich mit brennenden Augen und zitternden Lippen und Knien das Zimmer der Sterbenden verließ, hatte ich ihr versprochen, das Kind über die Taufe zu halten und ihm meinen Namen geben zu wollen.

»Ach Joseph«, sagte ich auf der Treppe, »wir haben ein großes Unglück in Geduld zu tragen. Möge dein Junge mehr Glück im Leben haben als wir beide, und möge ihm vor allem *unser* Schwiegerpapa erspart bleiben.«

»Gott segne dich, August!« schluchzte Joseph, sich klettenhaft an mich hängend. Am zwanzigsten November achtzehnhundertneunundzwanzig ist Karoline Sonntag wirklich gestorben; – ich wünsche diese Stilübungen am ersten Tage des Jahres achtzehnhundertdreißig fortsetzen zu können. –

II
Die zweite Feder

Ich heiße Mathilde und bin die Frau August Sonntags; mein Wahlspruch steht auf meinem Fingerhut, er lautet: Douce mais sauvage; – zu den Abscheulichkeiten, welche auf den vorstehenden Seiten zu lesen sind und welche ich in einem Winkel fand, den der Herr Pate für recht sicher hielt, habe ich noch etwas hinzuzufügen, und, bei meinem Fingerhut, was ich zu sagen habe, das werde ich sagen, und sollte auch ein Manuskript daraus werden, dickleibiger als der dickste Foliant in des Herrn Paten Bibliothek; der Herr Pate mag's drucken und mich in Kupfer davor stechen lassen; ich bin fest überzeugt, daß ich nicht dümmer aus meinem Tüllhäubchen hervorsehe als alle die hagern oder feisten Tröpfe aus ihren Allongeperücken. Es hat schon manchem Mann seine Frau das gesagt, was er von zwanzig Universitäten und Fakultäten nicht erfahren hätte; und eine richtige Frau weiß sich zu taxieren, und wenn sie's ihrem Herrn und Gebieter nicht merken läßt, so sollte er dankbar dafür sein und sich nicht überheben. Sie überheben sich aber alle, und eine arme Frau hat genug zu tun, bis sie wieder eine Form in die Sache bringt; – mein August hat sich erst gestern auf meinen neuen Hut gesetzt, und ich habe natürlich in der letzten Nacht sehr schlecht geschlafen.

Solch ein Mensch! Ich meine den Herrn Paten. So unausstehlich, als ob die Welt wirklich nur für ihn allein geschaffen wäre und er hundert Jahre über das Vergnügen an ihr hinausgelebt hätte; so unausstehlich, als ob er sie gepachtet hätte und nun durch jammerhafte Unliebenswürdigkeit den Pachtschilling herunterdrücken wolle. Unausstehlich! Unausstehlich! Und um so unausstehlicher, als ich, Mathilde Sonntag, den Mann bereits darüber weggebracht habe; – ich habe ihm meine Meinung gesagt.

Ich heiße Mathilde, und fast zwanzig Jahre lang hieß ich Mathilde Frühling; dann aber nahm mich August, und es war aus und zu Ende damit, und recht schade war's; denn mein Name war mir lieb, und es ist mir merkwürdig, genau wie kurz nach Neujahr, gegangen, wo man auch immer die alte Jahreszahl schreibt und sich in die neue nicht recht finden kann. Ich habe mich aber drein gefunden, und August kann mit mir zufrieden sein.

Wir waren ebenfalls unserer genug in unserer Eltern Haus wie in dem »Spinnennest« mit dem schwarzen Mohren vor der Tür und der Königin von Saba gegenüber – ein ganzes Nest voll Mädchen und ein Junge, aber ein lustiges, hungriges Nest, Gott weiß es. Mein Papa ist der Rektor Frühling in demselben Hohennöthlingen, welches der Herr Pate Griesgram in seiner so sonnenhaften Jugend durch seine angenehme Gegenwart als Akzessist, Auskultator oder sonstige Schreibmaschinerie so hoch geehrt hatte. Man weiß aber von ihm, dem Herrn Paten Brummbär, nicht das geringste mehr; er hat nicht einmal Schulden hinterlassen, und ich kenne niemand, der ihn vermißte. Mein armer Papa hatte seine liebe Not, meine arme Mama die ihrige, wir Mädchen hatten die unsrige, und unserm Otto war auch sein Päcklein aufgehalst. Wir hatten eine freie Wohnung neben der Bürgerschule und einen Garten daneben, in welchem meine Mutter Kohl und Rüben, mein Vater aber Rosen, Georginen und Aurikeln zog; wenn der Herr Pate Grämelmeier bei meinem Papa hätte in die Schule gehen können, so wär's ein Segen für ihn gewesen. Sie sind jedoch in *einem* Alter, wie man's nennt; beim rechten Licht besehen, ist aber der Herr Pate sozusagen als sein eigener Großvater zur Welt gekommen, verhutzelt, verschrumpfelt, mit einem ellenlangen Zopf, in Filzpantoffeln, mit einer baumwollenen Nachtmütze, einem Stockschnupfen, einer langen Pfeife und einer Warze auf der Nase, welche noch das Hübscheste und Lustigste an ihm ist. Er hat dasselbe auf einer seiner lästerlichen Seiten ganz gut gesagt, und dafür allein kann ich ihm für jetzt mein Kompliment machen.

Ich kann mir gar nicht vorstellen, daß es solch eine Mohren-, Spinneweb- und Brummwirtschaft in der Welt geben könne, wie der Herr Pate beschreibt. Du liebster Gott, und wenn man auch allen Sonnenschein wegstreicht, so gibt es doch noch den Mond und die hübschen Sterne und die Lampe am Winterabend; – es ist soviel schönes Licht in der Welt, und der Herr Pate sollte sich recht aus dem Herzen schämen, und seine ganze Menschenfresserfamilie sollte sich mit ihm schämen. Du liebster Gott, und nachher geben sie dir die Schuld, wenn sie sich selber hinters Licht geführt haben. Es ist eigentlich zu lächerlich, als daß man sich darüber ärgern könnte; ich tue es aber doch.

Ach, wenn ich hier sitze in dem Getümmel, zwischen den grauen Mauern, im Rauch und Staub, und denke an meines Vaters Haus und wie ich noch vor so kurzer, kurzer Zeit saß, im Garten zwischen meiner Mutter Kohlköpfen und meines Vaters Rosenstöcken, eine richtige Jungfer im Grünen: so wird's mir ganz weh ums Herz, und ich möchte gradaus heulen, wenn es nicht so dumm wäre und August mich nicht für eine so kluge Frau hielte. Man muß eben seinen guten Ruf aufrechtzuerhalten suchen, und so halte ich an mich, wenngleich jeder Spatz, der vor meinem Fenster mir von Hohenöthlingen vorzwitschert, mich bedauert. Ich will nun auch gleich über alle allzu hübschen herzbrechenden Erinnerungen weggehen und beschreiben, wie es kam, daß August Sonntag und ich einander bekamen. Es ging natürlich ganz natürlich zu, und wenn mir nicht zuviel anders dazwischenkommt, so werde ich die große und grausame Mordgeschichte mit Gottes Hülfe zu Ende bringen.

In einer Familie, in welcher viele Mädchen sind, weiß man von Rechts wegen ziemlich genau Bescheid von allen Vorgängen und dem, was man spricht in der Stadt und auf zwei Meilen in der Runde. Und was man selbst nicht einholt, das bringen einem die Freundinnen ins Haus; es könnte sonst auch niemand aushalten, und es wäre manchmal herzlich langweilig, vorzüglich im Winter, in den heißen Hundstagen, im Herbst und um Ostern, wenn's schlechtes Wetter ist und die Sonne nicht über den Zaun kann. Man wächst sozusagen in alle Geschichten hinein; erst spielt man mit seiner Puppe, wird für ein dummes Ding gehalten und hört zu, wenn die Tante Friederike, die großen Schwestern oder die andern jungen Damen erzählen, und man nimmt es sehr übel, wenn man mit der Puppe aus der Tür geschoben und in den Garten oder auf die Gasse hinausgeschickt wird. Man setzt sich im letztern Fall auf die grüne Bank oder die Treppenstufe, unterhält sich schmollend mit der Docke und nimmt sich vor, wenn am Abend der Vetter Richard kommen wird, um der Schwester Anna das Garn zu halten, recht naseweis und unartig zu sein. Wenn man seinen Racheplan nicht vergißt bis zum Abendessen, so führt man ihn aus, und der Papa lächelt hinter der Zeitung, die Mama weiß nicht, was sie sagen soll, die Schwestern kichern, und Anna wird rot und böse und verlegen und möchte uns am liebsten am Kopf nehmen; der Vetter aber, der eigentlich gar kein Vetter ist, sondern nur so genannt wird, weiß gar nicht, was er mit sich anfangen soll; er möchte etwas sagen, kommt aber nur zu einem lächerlichen Husten – alles wird lächerlich an ihm; und wenn man nun ins Bett geschickt wird, so geht man mit Triumph ab, man hat es tüchtig gezeigt, daß man doch nicht das »dumme Ding« ist, für welches man gehalten wird. Wer eine Meinung haben will, der muß sie sich früh bilden, und ich habe meine Meinung.

Der Vetter Richard, der gar kein Vetter war, hat richtig meine Schwester Anna geheiratet, und wir stehen uns sehr gut miteinander, und er weiß, daß er mir dankbar sein muß, denn ich habe das Meinige dazu getan, ihm zu dem Seinigen zu verhelfen. Er war so gutmütig, so verlegen, so grenzenlos blöde, daß es ein Elend und Jammer war; und obgleich er damals über fünfundzwanzig Jahre zählte und ich nur zehn, so hätte ich mich doch geschämt, so dumm zu sein wie er.

Fünf Jahre waren der Vetter Richard und die Schwester Anna miteinander verlobt. Als sie heirateten, war ich fünfzehn Jahre alt, und über das, was ich in den fünf Jahren gelernt habe, könnte ich ein Buch schreiben, zwanzigmal dickleibiger als mein jetziges Wirtschaftsbuch.

Sie hatten sich so lieb! Es war so rührend! Es war soviel Seele darin, und es war so spaßhaft, wenn sie sich gezankt hatten und jeder aufs erste gute Wort vom andern wartete.

Manchmal war's freilich auch so langweilig, daß es nicht zum Aushalten war; der Vetter Richard hatte Zeiten, in welchen er gar nicht interessant war, Zeiten, in welchen man ihn nur als einen »guten Menschen« ertragen konnte. Ich könnte von Abenden erzählen, an welchen die ganze Familie Frühling wie ein Licht nach länglichem, bänglichem Aufflackern ausging, bis aufs Liebespaar, welches unbegreiflicherweise im Winkel wach und munter blieb und sich um nichts kümmerte als um sich selber.

Daß mein Papa sich noch nicht zu Tode gegähnt hat, ist wirklich ein Wunder. Dreimal mußte er diese Verlobungsperiode durchmachen, und vielleicht steht ihm das Glück noch ein halb dutzendmal bevor. Richard und Ännchen, Karl und Theodore und ich und August haben uns arg an ihm versündigt, und mein einziger Trost ist nur, daß wir ihm zu so manchem guten Schläfchen in der Sofaecke verholfen haben. Wenn das junge Volk meiner Schwestern im Brautstand unterhaltender ist und die zukünftigen Herren Verlobten nicht so einseitig langweilig sind, soll's mich freuen; ich habe aber meine gelinden Zweifel in dieser Hinsicht.

Ännchen ist eine Brünette und verständig, Theodore ist eine schmachtende Blondine, ich bin so schwarz wie möglich und nicht so vernünftig, als ich sein sollte; aber so schlecht und schlimm, als mich Marie und Helene Weinlich, im Eckhaus gegenüber, machten, bin ich doch nicht – Gott und August sind meine Zeugen. Ich weiß auch gar nicht, wie ich auf die Fräulein Weinlich komme; ich wollte nur sagen, daß mein lieber Papa zu der Freude, die er an seinen hübschen und anständigen drei ältesten Töchtern hatte, noch das Vergnügen haben konnte, seine Brautleute aus dem Grunde nach allen ihren Arten und Eigenschaften zu studieren.

Es ist keine Kleinigkeit, als fünfzehnjähriger Backfisch eine Schwester zu verheiraten, es ist eine merkwürdig feierliche, zitterige, tränenhafte, geheimnisvolle, närrische Sache, und wer es nicht selbst durchgemacht hat, der glaubt es nicht, und was die Männer anbetrifft, so sollten sie sich schämen, zu lachen und die Achseln zu zucken über Dinge, die sie nicht im mindesten verstehen und über welche sie sich ein Urteil anmaßen wie über alles Sonstige, was zwischen Himmel und Erde zu finden ist oder passieren kann.

Man ist gar kein Mensch mehr am Polterabend. Erst hat man ein Jahr lang genäht, gestickt, gestrickt, gehäkelt wie toll und blind, um alles in Ordnung zu bringen, was sein muß; dann hat man zwischen Lachen und Weinen der Braut am Brautkleid geholfen und hat dazu die große Wäsche gehabt; dann hat man Kuchen gebacken und Torten und alles mögliche, hat Kränze gewunden für die Türpfosten und ist treppauf und -ab gejagt worden, die Leiter hinauf und hinunter, und der Bräutigam hat einem das letzte Stückchen gesunden Menschenverstandes, das man noch gerettet hatte, durch seine Zudringlichkeit ausdrangsaliert, und dann ist man fertig. So fertig und so weich, daß man die Anna nicht ansehen kann, ohne in das helle Schluchzen auszubrechen, so fertig, daß es einer ganz einerlei ist, was man über eine denkt und was der Papa und der Bruder Studio, der von der Universität zur Feierlichkeit und zum großen Essen gekommen ist und zum erstenmal einen Bart mitbringt und natürlich eine noch viel bessere Meinung von sich hat, als er von Hause mitnahm, zu einer sagen.

Der Papa ist wie ausgewechselt, und sogar die Mama muß sagen, daß sie ihn gar nicht mehr begreift, und er sollte es doch besser wissen und dem albernen Jungen, dem Otto, nicht mit einem solchen schlechten Beispiel vorangehen. Es zeigt sich aber wieder, daß *kein* Mann weiß, was sich schickt, und daß es das beste ist, an solchem Tage zu tun, als ob sie gar nicht in der Welt seien, und höchstens den Bräutigam ein wenig im Auge zu behalten, da dieser doch wenigstens etwas gerührt ist und für ein paar Stunden einen Begriff davon bekommt, wie viele Umstände seinetwegen gemacht werden und daß er im Grunde sehr Ursach habe, sehr dankbar und fromm und gut zu sein. Ich muß meinem August auch nachsagen, daß er wußte, was sich gehört; doch das gehört nicht hierher, da ich noch bei Annas Hochzeit bin, wo ich erst fünfzehn Jahre alt war und noch nicht für voll gerechnet wurde, welches eine Redensart ist, die damals der Bruder Otto samt seinem Bart von der Universität heimbrachte und welche er mir natürlich nicht ersparte.

Daß man in der Kirche seiner Gefühle nicht Herr ist und die Rede des Pastors, der 's Brautpaar zusammengibt, durch Rührung stört, ist eine so natürliche und bekannte Geschichte, daß es wahrhaftig nicht noch immer der Mühe verlohnt, darüber zu lachen, wie alle Herren nachher beim Wein tun. Man sollte uns doch endlich unsere Batisttaschentücher in Frieden zum Trocknen aufhängen lassen; man sollte doch endlich einsehen, daß es unmöglich ist, an *dieser* Stelle noch geistreich sein zu können!

Zu Theodores Trauung, welche zwei Jahre nach Annas erstem Kinde stattfand, nahm ich zwei Taschentücher mit in die Kirche; und dann – kam ich an die Reihe, und es ist ewig schade, daß die Tante Friederike nicht Papst geworden ist; denn ein infallibeleres Frauenzimmer gibt's nicht, und sie hatte es vorausgesagt; an Helene und Marie Weinlich, im Eckhause gegenüber, kann ich aber nur mit Lachen denken; denn von dem, was *sie* vorhergesagt hatten, ging gar nichts in Erfüllung, und eigentlich war's ein Glück; denn es war gar nichts Hübsches und wäre für mich in der Tat recht unangenehm gewesen, wenn Gott es so gewollt hätte.

Auf Theodores Hochzeit hatte August das Glück, meine Bekanntschaft zu machen, und ich machte die seinige, und etwas Besonderes fand ich nicht an ihm; aber er tanzte recht schlecht und sah für einen jungen Arzt ohne Praxis recht anständig aus. Er wurde eingeladen, als Universitätsfreund des Schwagers Karl, er stattete vorher eine Visite ab, während welcher er ungemein wenig sagte; Karl versicherte uns, er sei ein »vortrefflicher Kerl«, ein »höchst anständiges und gescheites Haus«; aber Geld habe er nicht, denn sein Väterliches und Mütterliches habe sein Vater durchgebracht oder im Bankerott verloren, und seine Praxis sei bis jetzt noch nicht weit her. »Er ist noch zu jung zum Damenarzt, und ohne das geht es nicht«, sagte der Schwager Karl.

Beim Hochzeitsmahl nun saß der junge Doktor der Medizin nicht fern von mir, so daß ich ihn ziemlich genau beobachten konnte; sein Appetit und sein Durst waren gut, doch nicht ausschweifend. Er wurde sehr gesprächig gegen seine Nachbarinnen und stieß nur einmal ein Weinglas um; nach dem Essen wünschte er mir eine gesegnete Mahlzeit, und da wir zwei Geigen und eine Klarinette bestellt hatten, so forderte er mich zum Tanz auf, und ich konnte ihm leider den dritten Walzer nicht abschlagen.

Er tanzte sogar unbeschreiblich schlecht und setzte sich und mich gegen Ende des Vergnügens platt auf den Boden, wovon die Gesellschaft mehr Aufhebens machte, als nötig war. Ich ärgerte mich furchtbar; denn es ist keinem Menschen angenehm, wenn er ohne seine Schuld lächerlich gemacht wird, und wäre ich mit einer zerschlagenen Nase oder sonst einer Kopfverletzung aufgestanden und die Gesellschaft hätte mich bedauern müssen, so hätt ich mir nichts daraus gemacht; ich stand aber bloß mit einem großen Loch im Kleide auf, und so war es entsetzlich!

Erst nach zehn Minuten war ich meiner Gefühle so weit Meisterin, daß ich es über mich vermochte, mich nach dem Urheber des Ärgernisses umzusehen. Ich wollte ihn mit einem Blick, einem Tuttifrutti aus Haß, Zorn und Verachtung regulieren; als ich ihn aber in einem Winkel gefunden hatte, mußte ich doch lachen, und dann tat er mir leid. Die Rose war gebrochen, ehe der Sturm sie geknickt hatte; der Herr Doktor hingen nur noch am Stiel, und ich sagte zu meinem Bruder, der zu Theodores Trauung wiederum als Student, aber im letzten Halbjahr seiner Studentenschaft, gekommen war:

»Schicke ihn mir doch mal.«

Bruder Studio grinste, ging und brachte den Sünder, und ich zeigte mich als ein gutes Mädchen und meinen Charakter im hellsten Licht, und es kostete mich weniger Mühe, als ich mir fünf Minuten vorher noch eingebildet hatte. Ich sagte ihm meine Meinung, das heißt, ich tröstete ihn, und er war mir dankbar; aber nachdem er einige Zeit nach der Hochzeit den gewöhnlichen Anstandsbesuch abgestattet hatte, ließ er sich nicht wieder blicken und verschwand aus meinem Gesichtskreise, um nur dann und wann auf der Straße vor mir aufzutauchen. Bei solchen angenehmen Begegnungen grüßte er mich mit einer zitterhaften Höflichkeit und einem Erröten, welche ihm sehr gut ließen. Ich werde niemals und keinesfalls schriftlich gestehen, daß ich selbst errötete und mein Knicks bei solchen Gelegenheiten befangener gewesen sei als sonst; aber das kann ich sagen, daß ich den Jüngling für bescheidener und anständiger hielt als all das andere närrische Volk seines Alters, dessen sich die Stadt rühmte, deren Straßen und sonstige Gelegenheiten es unsicher machte.

So ging wieder ein Sommer meines jungen Lebens hin, und dann wurde es Herbst, und eines Tages im Herbst, als ich nähend am Fenster saß, kam ein Kerl, der einen Handwagen mit allerhand Hausgerät hinter sich herzog, und hielt gegenüber vor dem Eckhause, und beide Fräulein Weinlich beugten sich so weit als möglich aus dem Fenster, und ihre Mutter hätte sich schämen sollen, daß sie es litt. Auf dem Handwagen befand sich ein Büchergestell, zwei nicht sehr umfangreiche Koffer, allerlei Pfeifen-und Rapierkram, und hinter ihm her zog zu meiner allerhöchsten Verwunderung der Herr Doktor Sonntag, mit Recht verfolgt von verschiedenen

Straßenjungen; denn er trug unter dem einen Arm einen Totenschädel und sonstiges Knochenwerk, welches er auch füglich im andern Logis hätte zurücklassen können, und unter dem andern ein Ding, welches aussah wie ein ausgestopftes Kind, aber keines war, sondern gottlob nur ein ausgestopfter Affe. Je länger die zwei Fräulein Weinlich die Hälse ausreckten, desto mehr zog ich mich ins Zimmer zurück, obgleich es nicht nötig war, da der Herr Doktor nicht einen Blick nach unsern Fenstern hinüberwarf. Er war mit andern Dingen beschäftigt und hatte genug mit sich selber zu tun. Der Kerl, welcher den Wagen gezogen hatte, war nicht mit seinem Trinkgeld zufrieden und gebärdete sich in Worten und Gesten unverschämt. Zwei Gläser fielen vom Karren herab, eins mit eingemachten Schlangen und eins mit eingemachten Fröschen, Kröten und Eidechsen. Die Straßenjugend war natürlich entzückt darüber und sprang und jauchzte, und aus jedem Fenster der Nachbarschaft blickte bald ein albern-neugieriges Gesicht. Mein gutes Herz und mein Anstandsgefühl empörten sich in mir; aber was sollte ich machen; *ich* konnte ihm doch seine Scherben und Scheusale nicht auflesen! Ich hielt es nicht aus, sondern lief in den Garten, nahm alle meine jüngern Geschwister mit und fing an, mit Eifer Bohnen abzupflücken, und kam erst dann zu meinem Nähzeug zurück, als der Jammer vorüber, die Straße gekehrt und der Herr Doktor bei den Fräulein Weinlich eingezogen war. Ob mir letzteres lieb war oder nicht, konnte ich damals nicht ganz genau sagen; heute jedoch bin ich überzeugt, daß ich mit dem Ding ganz zufrieden war; – man sieht aber aus der Ferne alles richtiger und verständiger an.

In der nächsten Zeit passierte nun nichts Erwähnenswertes; die alten Häuser der Gasse waren trotz des Ereignisses stehengeblieben; totgedrückt, zerquetscht und zertreten wurde glücklicherweise niemand infolge der großen Praxis des Herrn Doktors; wir spannen uns gemütlich in den Winter, und Helene und Marie Weinlich machten große Fortschritte in Hinsicht auf Geziertheit, Naseweisheit, und es wurde ihnen von ihren Verehrern eine Nachtmusik gebracht, welche der ganzen Stadt den halben Winter hindurch Stoff zur Unterhaltung gab und welche ich ihnen gönnte. Die über alle Schilderung komischen, lächerlichen Airs, welche sich die beiden lieben Dämchen am andern Morgen der Welt und meinem armen Fensterchen gegenüber gaben, hätten mich schon allein mit dem jähen musikalischen Schrecken und sonstigen nächtlichen Spektakel und Nichtwiedereinschlafenkönnen versöhnen können.

Doch meine Feder reißt mich, da ich einmal in diese Gegend gekommen bin, unwiderstehlich fort und bringt mich in aller Hast zu dem Ereignis, welches jetzt eintrat und mich von innen und außen so unvermutet und vollständig über den Haufen warf, daß ich heutigen Tages darüber noch nicht zu mir selber gekommen bin. Wenn es August nicht auch noch immer wie ein Traum ist, so müssen die Männer in der Tat aus anderm Stoff geformt sein als wir armen Frauenzimmer, was ich sonst *nicht* glaube.

Es war in der Woche vor Weihnachten, und es war ziemlich spät in der Nacht, und Papa und Mama waren zu einer großen Abendgesellschaft gebeten, und ich hatte die Kleinen zu Bett gebracht und benutzte die ruhige Stunde, um an die Schwester Anna zu schreiben, und konnte damit nicht fertig werden, da ich sehr viel weiß, wenn ich einmal angefangen habe. Nun war Lottchen, unser Kleinstes, den ganzen Tag durch nicht recht wohl gewesen, deshalb hatte ich die Tür zwischen der Schlafkammer der Kinder und der Stube, in welcher ich bei der Lampe saß, offengelassen, um gut Obacht zu haben und in jedem Augenblick zur Hand sein zu können. Den Glockenschlag hatte ich völlig überhört, draußen regnete es, doch nicht zu arg; ich war eben bei der sechsten Nachschrift, in welcher ich der guten Anna mitteilte, daß, alles in allem genommen, bei uns noch alles beim alten sei, als ich plötzlich zum Tode erschreckt vom Stuhl in die Höhe fuhr. Ich kannte den Husten in der Kammer leider ganz genau, denn ein Schwesterchen ist mir dran gestorben – es war nicht damit zu spaßen. In einem Sprung war ich neben dem Bettchen des Kindes, ich legte ihm die zitternde Hand auf die heiße Stirn, ich horchte auf das angstvolle Atmen und Röcheln in seiner armen kleinen Brust. Die andern Mädchen saßen auch schon aufrecht in ihren Betten oder waren bereits herausgesprungen, doch alle so schlaftrunken und verwirrt, daß nichts mit ihnen anzufangen war. Ich sprang die Trepp hinauf zur Kammer des Dienstmädchens, um dasselbe nach den Eltern und dem Doktor auszuschicken, doch konnte ich es nicht ermuntern. – Alles drehte sich um mich her. Ich beugte mich wieder über das Lottchen; – was sollte ich tun? Was sollte ich tun? In meiner höchsten Not schickte mir der liebe Gott die Idee, über die Straße zum Herrn Sonntag zu laufen, und es war mir ein Segen vom Himmel, als ich vorerst ans Fenster lief und die Lampe gegenüber noch brennen sah. Nun bedachte ich mich keinen Augenblick; es gab nichts in der Welt, was mich hätte aufhalten können. Ich war in der Gasse – der kalte Regen schlug mir ins Gesicht –, ich war drüben vor dem Haus der Fräulein Weinlich, und als ich nicht sogleich den Glockenzug fand, schrie ich aus Leibeskräften, allen mädchenhaften dummen Anstandsbegriffen zum Trotz, »Herr Doktor! Herr Doktor! Herr Doktor Sonntag!« zum dritten Stock hinauf.

Ob nun der junge Mensch da oben die Ohren mit Wolle, Watte oder Wachs verstopft hatte oder ob er so tief in seine medizinischen Studien, seine ausgestopften Affen, seine Kröten, Schlangen und seine Totengebeine vertieft war, daß er deshalb nicht hörte, konnte ich nicht wissen; aber das weiß ich, daß er mich vergeblich rufen ließ und daß in diesem Augenblick Madame Weinlich und Helene und Marie aus derselben Gesellschaft heimkehrten, in welcher sich mein Papa und meine Mama befanden, und daß sie mich naß, außer Atem und außer mir vor ihrer Tür fanden und nachher eine Geschichte daraus machten, die nicht wahr war. Sie verlangten höchstwahrscheinlich, daß ich ihnen aufs genaueste auseinandersetze, weshalb ich da in solchem Wetter und zu solcher Stunde stehe und den Doktor Sonntag zu sprechen wünsche, und als ich mich nicht damit aufhielt, hielten sie es nicht für ihre Pflicht, bei der Wahrheit zu bleiben, sondern stellten mich, meine Angst und Aufregung, meine nassen Zöpfe und Kleider, mein Geschrei und Suchen nach dem Glockenzug als sehr lächerlich hin.

Aber nun schien innerhalb des Hauses jemand die Treppe hinunterzufallen, und so war's auch. Herr August Sonntag polterte herab. Er hatte nicht studiert oder Affen ausgestopft; er war über Knigges »Umgang mit Menschen« eingeschlafen, hoffentlich nicht, um sich dadurch auf einen nähern Umgang mit mir vorzubereiten, wurde auch, wie ich zu seinem Lobe sagen muß, sehr wach und lebendig, als er mich erblickte.

Hals über Kopf stürzte er mit mir über die Gasse zum Lottchen, und wir ließen die Familie Weinlich in dem Regen und der Verwunderung stehen, ohne uns weiter nach ihr umzusehen. Dann kam auch mein Papa und meine Mama, wir setzten dem Lottchen Blutegel, August lief mit dem Rezept, welches er geschrieben hatte, selbst nach der Apotheke, und als unser Hausarzt am andern Morgen kam, lobte er den jungen Kollegen recht und erklärte ihn für einen braven, geschickten und bescheidenen jungen Menschen, und ich tat dasselbe; es war auch nicht mehr als billig.

Wenn wir nach *dieser* Geschichte den Herrn Nachbar und Helfer in der Not nicht zu unserm Weihnachtsbaum eingeladen hätten, so hätten wir verdient, daß uns sämtliche Landpartien des folgenden Jahres verregnet wären, und so schickten wir unser Lottchen denn hinüber, den Doktor zu holen und ihm anzuzeigen, daß eine Weigerung unter keiner Bedingung angenommen werde. Er weigerte sich jedoch auch gar nicht; aber selbst das Kind hatte bemerkt, daß er wieder sehr verlegen geworden war.

»Er hat seine Dintenflasche auf die Erde fallen lassen, – o solch ein Klecks!« sagte Lottchen, als ich sie vorsichtig in der Speisekammer ausfragte. –

Wir feierten ein so heiteres Fest, wie wir es uns nur wünschen konnten, und August, das heißt der Herr Doktor Sonntag, versetzte die ganze Familie Frühling in ein heiteres Erstaunen wegen der gesellschaftlichen Talente, die er an diesem ewig denkwürdigen Abend entwickelte. Daß der närrische Mensch aber auch jetzt fortfuhr, gegen mich den Schüchternen zu spielen, war, grade herausgesagt, lächerlich, zumal da mich die jüngern Schwestern, die jetzt auch anfingen, eine Rolle gegen mich zu spielen, mich deswegen arg anließen und wissen wollten, weshalb ich den armen guten Herrn Sonntag so abstoßend behandele. Es war die allerhöchste Zeit, daß wir uns verlobten, und dies taten wir zu Ostern, nicht beim Veilchenpflücken und nicht beim Suchen der Eier, die der Has' legt, sondern beim Pflücken der neunerlei gesunden Kräuter, welche den ersten Kohl geben.

Wir gerieten uns über die neun Kräuter hinter der Hecke in die Haare; denn der Herr Doktor wollte verschiedene nicht als allzu gesund gelten lassen, und darüber kam's heraus und wurde fertig. Wir kamen nach Hause und waren sehr rot und verlegen; und am Abend sprach ich mit meiner Mutter, meine Mutter sprach mit meinem Vater, und August sprach am andern Morgen mit meinem Vater und meiner Mutter und hat sicher sehr gestottert. Sie aber sprachen mit ihm, worauf ich gerufen wurde und jetzt gestehen will, daß ich noch niemals vorher in meinem Leben eine solche Angst ausgestanden hatte; aber die beiden Fräulein Weinlich wären doch fast in Stücke gefallen, als sie die Neuigkeit vernahmen.

Herr Jesus, es ist wirklich ein großes Wunder, daß ein armes Mädchen, welches doch nichts für sein gutes Herz kann, über so viele Unannehmlichkeiten wegkommt und zuletzt, wenn alles wieder seinen ruhigen Gang geht, es gar nicht anders haben will. Es ist wahrhaftig keine Kleinigkeit, sich zu verloben, und ein ganz ander Ding, als sich zu verlieben.

Aber ich hatte nun einmal getan, was ich nicht lassen konnte, und fügte mich in christlicher Ergebung in das Unvermeidliche. Ich hatte mein Teil fürs Leben und mußte mich drein finden, das Unangenehme zu dem Guten mit in den Kauf zu nehmen; ich war unbeschreiblich glück-lich trotz aller Verwirrung und Tränen, trotz alles Rotwerdens und aller Fräulein Weinlich im ganzen Städtchen. Heißa, war's nicht ein lustiger Spaß, daß der Schatz im Hause der Fräulein Weinlich wohnte und daß ich ihn daselbst, ohne den Anstand zu verletzen, besuchen durfte, wenn ich eine von meinen jüngern Schwestern als Ehrendame mit hinübernahm? Was für när-rische Sprünge haben wir unter den einmarinierten Fröschen, den ausgestopften Ungeheuern und Gespenster-Skeletten ausgeführt! Es war ein so netter Frühling und Brautstand, wie man es sich nur wünschen mochte, und wo die andere Menschheit nichts sah und hörte, da wurde uns zum Tanze aufgespielt, weswegen man denn auch von uns behauptete, wir seien schreck-lich langweilig und es sei eine Qual, den Tag in unserer Gesellschaft hinzubringen, worüber ich weiter oben, als von Annas und Theodores Brautzeit die Rede war, bereits meine Meinung gesagt habe, denn billig muß der Mensch sein.

Wie voll uns der Himmel nun aber auch von Geigen hing, mein guter Papa meinte, die Sache habe doch auch ihre bedenkliche, ihre nachdenkliche Seite, und das war die pekuniäre. Wir Brautleute hatten viel mehr Vertrauen als Geld, das war richtig, aber ob wir nicht dazu das Recht hatten, das steht zu fragen, und da eben das Kind schreit, so will ich August darüber das Wort geben, obgleich es mir schwer aufs Herz fällt, daß ich doch eigentlich über den Paten Hahnenberg und nicht über mich, Frau Mathilde Sonntag geb. Frühling, schreiben wollte. –

III
August hat das Wort

Ich, August Sonntag, Doktor der Medizin, Mathildes Gatte, nehme das Wort, wie es mir gegeben wurde, und füge, meinen Nachkommen zum Nutzen, mein Lebensbild den andern an
und ein. In jeder Weise bin ich dazu gezwungen, denn ich habe arge Verunglimpfungen teuerer
Abgeschiedener zurückzuweisen und habe zugleich einen Wohltäter für sich und mich zu retten.
Daß meine Aufgabe nicht die leichteste ist, werden meine Kinder und Kindeskinder, für welche
diese Blätter bestimmt sind, wohl zu würdigen wissen. Es lagerten böse, gefährliche Schatten
über meiner Jugend, und der Mann, der das meiste tat, sie zu verscheuchen, ist derselbe, welcher
über meine Eltern die Blätter schrieb, welche die Reihe dieser Aufzeichnungen eröffnen. Ich
habe das Recht, auch das Meinige über ihn zu sagen, und das wird geschehen; denn ich bin
es ihm und mir schuldig.

Meine ersten Erinnerungen heften sich an ein dunkles Hinterstübchen, dessen Fenster, vom
Blau des Himmels fast ganz abgeschnitten, eine Aussicht in die Welt eröffneten, welche mit
jener, die Kaspar Hauser vergessenen Angedenkens aus seinem Loche genoß, würdig konkur-
rieren konnte. Wir sahen in einen aus windschiefen, eng zusammengerückten Hausmauern ge-
bildeten Hof, in welchem Hunde geschoren und gekämmt und die Pelze heimtückisch angelock-
ter und verräterisch gemordeter Katzen getrocknet wurden und in welchem menschenähnliche
Wesen andere Dinge vornahmen, die mit der Ästhetik nichts zu tun hatten, aber doch wohl in
irgendeiner Hinsicht nützlich oder nutzbringend sein mußten. Es wundert mich heute noch,
daß ich aus diesem erbarmungswürdigen Aufenthaltsort den kleinsten Funken reiner, heiterer
Kindlichkeit in die lichtern Räume des Lebens, in welche ich später versetzt wurde, hinüberret-
ten konnte. Seltsam ist's zu sagen, daß es wahrscheinlich eine gewisse, wenn auch gottlob nicht
allzu überwiegende Nüchternheit in meiner Natur ist, die mich in dem ersten und somit für
die spätern Jahre meines Daseins vor dem Versinken in Gefühllosigkeit, Gleichgültigkeit und
Stumpfsinn bewahrte und bewahren wird. Die Götter wollten mich sozusagen nach homöopa-
thischer Methode heilen, und da meine Frau mich gottlob doch immer noch ganz liebenswürdig,
unterhaltend und teilnehmend findet, so ist auch für mich kein Grund vorhanden, mit meiner
Charakteranlage unzufrieden zu sein.

Neben dem Fenster stand der Tisch, an welchem mein armer Vater nach den über ihn herein-
gebrochenen Katastrophen sein Leben ver-und erschrieb. Er hatte weiter nichts mehr als eine
»schöne Hand« und stand in dem Wahn, daß er durch dieselbe sich und mich und die alte Frau,
welche mir in meiner Unmündigkeit die nötige Hülfe leistete, erhalte. Er kopierte vom frühen
Morgen bis zum späten Abend Akten, Dissertationen, und was man sonst abschreiben läßt. Da
er, mürbe und müde, vollständig mechanisch schrieb, so war er ein vortrefflicher Kopist und
machte selten einen Fehler.

Armer Vater! Dein krankhaftes, trübseliges Bild werde ich nie aus dem Gedächtnis verlieren;
um tausend sonnige, freudige Erinnerungen würde ich es nicht hergeben. Es steigt immer zur
rechten Zeit in meiner Seele auf, und dann strahlt es über die Dinge einen Schein, welcher
dann nimmer eine Täuschung zuläßt.

Da sitzest du in der trüben Dämmerung über deine Papiere gebeugt, mit kahler Stirn und
mattem, halberloschenem Auge; auf einem Bänkchen zu deinen Füßen sitze ich, und beide
wissen wir nicht das geringste von dem Sonnenschein, welcher die Vorderseite des Hauses, in
dem wir wohnen, welcher die Gasse, welcher die Welt bestrahlt! In dem dunkeln Hofraum
vor unserm dunkeln Fenster kreischen zänkische Weiberstimmen, und von Zeit zu Zeit hebt
sich ein schmutziges, freches Gassenjungengesicht, umgeben von wüsten, verwilderten Haaren,
vor den Scheiben empor, glotzt grinsend auf des Vaters Arbeit; eine Zunge wird lächerlich lang
nach mir ausgestreckt, und die Erscheinung verschwindet mit höhnischem, gellendem Geschrei.
Ich habe mich ängstlich so dicht wie möglich an meines Vaters Knie gedrückt, denn ich kenne
meine Feinde; und die Hand, welche sich beruhigend und ermutigend auf meine Haare legt, vermag mir nicht das Gefühl der Sicherheit zu geben. Der Vater seufzt, die Feder kritzelt, kritzelt,

und ich sitze und erwarte mit Bangen ein abermaliges Auftauchen der jungen Kannibalenköpfe, ein neues Erschrecken, und denke an die blutenden Katzenfelle. Die beiden Weiber schimpfen immer toller, und das Sonnenlicht bleibt oben, ganz oben an den himmelhohen Hausmauern, welche unsern Hof umgeben; das Sonnenlicht kommt nimmer herab in unsere Tiefe, so gern es vielleicht auch möchte. Die Feder kritzelt, kritzelt, ich bin mühsam auf einen Stuhl neben dem Tische geklettert und sehe schläfrig zu, wie die weißen Papierbogen sich mit den schwarzen Zeichen füllen; wenn mein Vater einen Schreibfehler macht und ein Blatt zerreißen muß, so ist es in solchen Augenblicken, denn er teilt dann seine Aufmerksamkeit immer ungleicher zwischen seiner Arbeit und mir. Er sieht mich so träumerisch-traurig an, daß ich trotz meiner Jugend scharf und tief fühle, wie weh es ihm ums Herz ist. Wir sprechen eine stumme Sprache miteinander, und nur wenn die Arbeit nicht drängt, gebrauchen wir Worte, um uns zu verständigen. Es ist seltsam, wie leicht mein Vater dann die schwere Last, welche auf ihm liegt, abschüttelt und vergißt. Er lächelt, indem er mich ansieht; ich lache und zupfe ihn am Ärmel und suche ihm die Feder aus der Hand zu nehmen; vielleicht sitzen wir im nächsten Augenblick schon auf dem Boden und bauen eine Burg von Stühlen und den zerlumpten Kissen des alten Sofas, welches der Trödler so billig hergegeben hat. Mein Vater ist Kind geworden, wie ich es bin; er ist unendlich erfinderisch, viel kindlich-erfinderischer als ich. In solchen verlorenen oder vielmehr gewonnenen Minuten brauchen wir die Sonne nicht, und der Hof mit seinen Schrecknissen und Widerlichkeiten verliert seine Macht über uns. Der armselige Plunder um uns her wird lebendig, wie berührt vom Stabe eines Zauberers. Wir gebieten über Heere und Flotten, wir gehen auf die Tiger-und Löwenjagd; wir führen Komödien und Tragödien auf, wie sie keine königliche Hoftheaterintendanz zustande gebracht hätte. Ein Bogen farbiges Papier, ein Säckchen voll bunter Bohnen machen uns selbst zu Zauberern, und unser Hinterstübchen ist ein weites Reich geworden, welches in allen Ecken und Winkeln, hinter dem Ofen und unter dem Sofa, im Tischkasten und in den klaffenden Ritzen des Fußbodens unerschöpfliche Schätze der Verwunderung, des Erstaunens und der Lust birgt. Ist der heitere Augenblick aber vorüber, hat der harte Knöchel der dira necessitas an die Tür geklopft, so ist die Stube dunkler, dumpfiger als je; die Feder fängt wieder an zu kritzeln; ich sitze auf der Erde unter den Trümmern unseres Glückes, die Lumpen sind Lumpen geworden, was eben in tausendfachen Farben spielte, ward zu einem grauen Nichts, und das Beste, was noch kommen kann, ist ein gesunder, traumloser Schlaf, in welchem ich nicht durch das klägliche Geheul und Gewinsel des armen Ami, dem man am Morgen im Hofe vor unserm Fenster zur Verschönerung die Ohren stutzte und den Schwanz abhieb, beunruhigt werde.

Ich habe einen Tag aus der ersten Zeit meines Lebens geschildert, wahrlich einen der glücklicheren! Mein Vater war als ein Ehrenmann aus seinem Bankerott hervorgegangen; es hatte zuletzt niemand unter demselben gelitten als er selbst. Aber er hatte auch nichts aus seinem früheren Leben in das Elend mitgenommen als seine schon erwähnte schöne Hand und die *Freundschaft* des Notars Dr. August Hahnenberg, meines teuern Herrn Paten. Es ist ein übel Ding, nur eine schöne Hand zu besitzen, nicht rechnen zu können und Geist, Phantasie, Geschick und Witz nur im Verkehr und Spiel mit einem Kinde zu haben. Es ist entsetzlich, wie grob die Milchfrau werden kann, wenn sie acht Tage lang keine Bezahlung erhielt; es ist eine Geschichte zum Weinen, wenn der Holzvorrat ausgeht und der Winter eben anfängt; aber das schlimmste, das unheimlichste ist, wenn der Herr Pate in dem Hinterstübchen erscheint, um der Not ein Ende zu machen.

Ich fürchtete mich schrecklich vor dem Paten, obgleich der Vater ihn nicht genug zu rühmen, nicht genug Gutes und Vortreffliches von ihm zu erzählen wußte. Ich haßte den Paten für meinen Vater mit und ließ es ihn merken, soweit ich konnte und wagte. Das Kind hat eben noch grade genug vom Tier, um durch den Instinkt vor dem Gefährlichen, Falschen, Verderblichen geschützt zu werden; – nur die größesten Geister retten diesen Instinkt über die Kindheit hinaus, diese göttliche Naivität, in welcher zuletzt doch alles Große wurzelt. –

Es ist irgendein betrübter, sorgenvoller Tag hingegangen; die Dämmerung ist gekommen; ich sitze auf dem Knie meines Vaters, und er erzählt mir von meiner Mutter. Der Mann wie das Kind haben ihre Angst, Not und ihr Spielzeug in diesem Wort weit von sich geworfen: das Kind hört von seiner Mutter, der Mann spricht von seiner Liebe. Auf jedes schnöde, erbarmungslose Wort, auf jede eiskalte Ironie der ersten Blätter dieses Manuskriptes eine Blume jetzt und immerdar!

Mein Vater spricht von meiner Mutter wie von einer Heiligen – sie ist so sanft gewesen, so schön, und ihr Schritt so leicht und ihre Hand so weich. Sie ist so geduldig und freundlich gewesen; er hat sie so sehr geliebt, und sie hat so früh, so früh sterben müssen. Hätte sie länger gelebt, so würde vielleicht alles anders und besser geworden sein; aber sie mußte sterben.

Mein Vater weint, und ich weine, und dann horchen wir plötzlich und hören draußen einen langsamen Schritt, und es klopft jemand kurz an unsere Tür. Ich kenne diesen Schritt und dieses Anklopfen, ich schluchze weiter, aber gegen meinen Willen, ich kämpfe machtlos gegen meine krampfhafte Erregung, und vergeblich sucht der Vater mich zu beruhigen. Schon hat sich die Tür geöffnet, und mein Vater, der ebenfalls gern, nur allzu gern seine Tränen verbergen möchte und ebenso vergeblich wie ich sich zu fassen sucht, steht auf und tritt dem Besucher entgegen. Der Herr Notar Hahnenberg kann die Tränen nicht leiden. Ich stehe hinter dem Vater und will den Herrn Paten Hahnenberg nicht sehen.

Es ist ein ungefähr achtunddreißig Jahre alter, ziemlich langer, aber etwas vornübergeneigter, vom Kopf bis zu den Füßen sehr elegant in feines schwarzes Tuch gekleideter Herr, mit einem schwarzen seidenen Regenschirm unter dem Arm und den Hut auf dem Kopfe, ins Zimmer getreten, hat die Tür hüstelnd hinter sich geschlossen und steht jetzt und sieht uns mit seitwärts geneigtem Haupt an und wünscht uns einen vergnügten guten Abend. Er ist von dem Schatten der kommenden Nacht kaum zu unterscheiden; – der Herr Pate besucht uns selten in den hellen Tagesstunden.

»Sei herzlich willkommen, August«, sagt mein Vater, in dessen Stimme noch die Wehmut nachzittert, und darauf räuspert sich der Notar Hahnenberg und sagt »Haha!« und kommt uns näher.

»Wieder das alte Spiel«, murmelt er, und dann setzt er kurz hinzu:

»Nun, Joseph, was haben wir angefangen?«

»Wir sprachen von Karoline, August«, antwortet mein Vater leise und scheu, als erwarte er darauf eine Rüge, eine ärgerliche Erwiderung. Sie bleibt auch nicht aus.

»Zuviel Brei, viel zuviel Brei! Ich habe dir schon hundertmal gesagt, daß wir das Kind einer andern Zucht anvertrauen müssen, wenn dieses weichliche, weibische, unmännliche Wesen nicht bald zu einem Ende kommt. Du weißt, daß ich deiner Frau versprochen habe, für den Jungen zu sorgen; ich habe aber auch das Recht damit gewonnen, dabei meinen Ansichten zu folgen.«

»Es ist die Mutter des Kindes«, seufzt mein Vater; aber der Pate hält es nicht der Mühe wert, darauf zu antworten; er hat einen langen Arm, eine magere, knochige Hand im schwarzen Handschuh in die Dämmerung ausgestreckt; ich fühle mich plötzlich an der Schulter gepackt und werde trotz meines Sträubens zu dem Stuhle gezogen, auf welchem der Pate sich jetzt mit einem Geächz der Befriedigung niedergelassen hat.

Es beginnt nunmehr ein Examen, in welchem nicht die Rede von kindlichem Spiel, von Geistern, Feen, Zauberern, den sieben Zwergen und den zwölf schlafenden Jungfrauen ist. Der Herr Notar Hahnenberg will wissen, was ich über die Bestimmung des Menschen denke. Ich soll wissen, wie lange der Mensch existieren könne, ohne zu essen; ich soll meine Ideen über die Art, wie der Mensch zu essen bekomme, angeben. Es wird mir auseinandergesetzt, daß es in der Welt – jenseits unseres Hofraums, unserer geschorenen Hunde, geschundenen Katzen, unserer aufkreischenden Weiber und jungen Kannibalen – weder Riesen noch Zwerge, weder Zauberer noch Feen gebe, wohl aber eine Menge Leute, welche sich stets das größte Vergnügen daraus machen würden, mir alles Gute, Angenehme und Ergötzliche vor der Nase wegzunehmen, und daß nur der zu etwas komme, welcher am meisten gelernt und den dicksten Prügel habe. Wenn es grade Winter ist, so wird mir vorgerechnet, wie viele hunderttausend weinerliche, faule, nichtsnutzige Jungen in ihrer Tränenhaftigkeit und Faulheit erfrieren mußten und als steif und starr gefrorene, abschreckende Beispiele in den Akten der Weltgeschichte und im Königlichen Museum aufbewahrt werden. Im Sommer werden ähnliche haarsträubende Geschichten erfunden und hierin eine Phantasie gezeigt, welche alles, was in ähnlicher Weise geleistet werden kann, weit hinter sich zurückläßt. Der Notar Hahnenberg hat wahrhaftig nicht das Recht, meinem armen Vater seine zu überschwengliche Einbildungskraft vorzuwerfen.

Ich fühle die Hand des Freundes meines Vaters durch den schwarzen Glacéhandschuh und meine Jacke immer kälter, wage kaum zu atmen und möchte doch am liebsten laut schreiend dem Manne sagen, wie sehr er mir zuwider ist. Eine Gänsehaut überläuft meinen ganzen Leib, ich spüre ein unangenehmes Kitzeln an den Haarwurzeln, und – plötzlich werde ich losgelassen und mit einem unvermuteten Ruck auf den Fußboden niedergesetzt, wo ich sitzen bleibe, unfähig, mich zu regen, aber auch ohne den Willen dazu.

Der Vater, welcher wahrscheinlich ebensoviel, ja noch mehr als ich selber litt, hat, in Ermangelung eines Bessern, den Besucher gefragt, ob er nicht die Lampe anzünden solle; aber der Notar kann das, was er noch zu sagen hat, im Dunkeln sagen und dankt für alle überflüssige Beleuchtung. Er fängt jetzt an, kühl von Geschäften, Haushaltsangelegenheiten zu reden; er spricht über Dinge, von denen ich nichts begreife. Dann nimmt er so kurz, wie er mich auf den Boden setzte, Abschied, der Vater begleitet ihn vor die Tür; ich horche mit ganzer Seele auf sein letztes Hüsteln; und wenn ich den schleichenden Schritt nicht mehr vernehme, wenn ich mit dem Vater wieder allein bin, wenn nun die Lampe angezündet ist, breche ich in ein krampfhaftes Weinen aus, werde in wahrhaften Konvulsionen zu Bett gebracht und die ganze Nacht von den ängstlichsten Traumbildern verfolgt. Am andern Morgen fürchte ich mich nicht mehr vor den Buben, die in unser Fenster schreien, um mich zu erschrecken; aber ich bin fortwährend in tödlichster Angst und Erwartung, daß einmal statt der ungekämmten Knabenköpfe da das weißgelbe, hagere Gesicht des Paten Hahnenberg mit der hohen, kahlen Stirn, den klugen Augen und dem sorgfältig zurechtgelegten, spärlichen schwarzen Haarwuchs emportauchen könne, und mein Vater wagt den ganzen Tag über nicht, mich zu beruhigen. Die schmutzige, zerlumpte Frau, welche unsern Hausstand besorgt, kommt jedoch nach einem solchen Besuch des Herrn Notars stets mit einem gefüllteren Marktkorb heim, und wir leben, was das Physische anbetrifft, eine Zeitlang besser als zuvor. –

Ich wurde älter, und der Welt Verhältnisse traten um mich her allmählich in ein klareres Licht und nahmen bestimmtere Umrisse an; die Schrecken meiner Umgebung verschwanden dadurch nicht, sie gewannen nur eine andere Färbung. Ich fürchtete mich freilich nicht mehr vor den Gesichtern und Tönen unserer Nachbarschaft und Hausgenossenschaft vor den niedern Fenstern; allein ich fing an, einen bewußten Ekel vor dem Dunst und Kolorit der Gegenstände, welche mich umgaben und von überallher auf mich eindrangen, zu empfinden. Da ich jetzt fester auf den Füßen stand und freier umherstreifen durfte und konnte, so war ich nicht mehr so sehr wie früher von der Sonne, von der freien Luft ausgeschlossen; und aus der grünen Umgebung der Stadt, aus der Bewegung der großen Bevölkerung, aus dem Lärm des gewerbtätigen wie des vornehmen, reichen Lebens kehrte ich in die erstickende Atmosphäre unserer Wohnung stets wie in das schnödeste, ungerechteste Gefängnis zurück. Und während ich mich allmählich immer unmutiger, aber auch immer kräftiger und selbstbewußter in dem widerlichen, dunklen Schicksalsgespinst, welches meine Jugend gefangenhielt, abzappelte, versank leider immer unaufhaltsamer mein armer Vater immer tiefer in die hülfloseste Apathie, in eine Stumpfsinnigkeit, aus welcher keine Rettung mehr möglich war. Wenn er den Kampf mit den Mächten des Lebens stets nur schwach und verteidigungsweise führen konnte, so gab er ihn endlich ganz auf. Er erhob sich immer seltener und schwerfälliger von seinem Stuhle, und vergeblich suchte ich ihn mit mir hinaus ins Freie, ins erfrischende Menschengewühl zu ziehen. Er fürchtete sich vor den Menschen, und die einfachsten, unschuldigsten Regungen und Töne ihres Treibens erregten ihm Bangen und Schauder. Sein Körper gewann eine ungesunde Fülle, seine Schriftzüge wurden undeutlicher und zittriger, sein Auge verlor den letzten Glanz, welcher ihm geblieben war; – sein *Freund*, der Notar Hahnenberg, gab es auf, ihn durch Vorwürfe oder Ironie zur Tätigkeit zu bringen, und ich, der Knabe mit der erwachenden Lust am Leben, an der Bewegung und Selbsttätigkeit stand zwischen diesen beiden Männern in einer unbeschreiblichen Verwirrung der Gefühle. Der Pate vergiftete jetzt mein Dasein nicht mehr durch haarsträubende Erzählungen vom Untergang und Verderben träumerischer, weichlicher Buben; er faßte mich aber womöglich noch schärfer von anderer Seite und schüttelte mein sittliches Wesen dermaßen zurecht, daß ich darob die Zähne zusammenbeißen mußte. Der Pate verstand erschrecklich viel Latein, Mathematik und Weltgeschichte, und seine Logik und geistige Schlagfertigkeit ließen nicht das geringste zu wünschen übrig. Seine kalte, eiserne Hand hielt mich jetzt nicht mehr am Kragen und an der Phantasie, sie faßte mich am Verstande, und jeder Besuch des Mannes stürzte mich in ein Bad, dessen Temperatur weit unter dem Gefrierpunkt stand und in welchem die Eisstücke lustig umherschwammen. Ich fürchtete, ich verabscheute, ich haßte den Notar Hahnenberg noch so arg wie früher; aber durch alles fühlte ich klar und bestimmt durch, daß ich ihn nicht entbehren könne. Und seine Unentbehrlichkeit lag darin, daß ich mit dem besten Willen, dem unermüdlichsten Fleiß streben mußte, ihn aus meiner Seele, aus meinem Lebenskreise – loszuwerden.

Durch die trostlosen Verhältnisse, unter welchen ich aufwuchs, war ich von frühester Zeit an, mehr wie andere Kinder, zur Selbstbeobachtung und noch mehr zum Aufmerken auf meine Umgebung und die Kollisionen und Antinomien derselben gedrängt. Ich lernte gewiß früher Vergleichungen anstellen, lernte früher das Leben analysieren als andere, besser geschützte und behütete junge Seelen. Mein Vater hatte das Bedürfnis weicher, unbestimmbarer, zu leicht bestimmbarer, schwankender Naturen; er mußte allen seinen Stimmungen, Gefühlen, Ansichten und Gedanken Ausdruck geben, und solches womöglich gegen eine Natur, die noch weicher war als er oder noch nicht gerüstet genug zur Widerrede. Er hatte aber nur mich als Zuhörer und Mitempfinder. Je älter ich wurde, desto mehr begriff ich ihn in allen seinen Liebenswürdigkeiten, aber auch in allen seinen Schwächen. Je älter ich wurde, desto mehr lernte ich auch meine Mutter kennen, die gestorben war, nachdem sie mich geboren hatte, und ehe sie starb, den Notar August Hahnenberg zu meinem Vormund machte; ich begriff, was meinen Vater und meinen Vormund zusammenhielt und was sie trennte. Es war ein schlimmer Konflikt; aber es war auch ein hohes, unsägliches Glück, als ich, den Jünglingsjahren nahe, das Bild der abgeschiedenen Frau, welche mir das Leben gab, das Bild der Mutter makellos, rein, voll süßester Lieblichkeit und Schönheit für *mich* daraus rettete. In ihrer ganzen mädchenhaften Hülflosigkeit steht sie immerdar vor mir. Was von ihrem kurzen, trüben Dasein in dieser harten, rauhen Welt zurückblieb, gibt rührend-melancholische Kunde von ihrem Wesen; und wenn ich auch kein Bildnis von ihr besitze, so sind doch Briefe und Blätter gerettet worden, und manch ein leise gesprochenes Wort ist nicht verhallt, sondern klingt fort und kann nicht verlorengehen, solange ich lebe. Diesen Reliquien gegenüber bleibt alles, was der Vormund in seiner Einsamkeit, seiner Verbitterung und Selbstsucht niederschrieb, deshalb stehen, weil es weder für die Tote noch mich, noch meine Nachkommen das geringste bedeutet.

Der Vormund sprach die Wahrheit, als er sagte, daß auch Karoline Spierling in einem dunkeln Hause aufwuchs; aber ihr Los war das schlimmste. Sie mußte ihr Frauenschicksal tragen, sie durfte sich nicht regen, sie mußte sitzen und erwarten, was da kommen würde. Sie hatte ein Herz voll Liebe und wußte damit nirgend hin; sie liebte die Blumen, und ihr Vater kaufte dieselben nur bündelweise, sackweise, getrocknet, zerrieben oder zerstampft – sie bekam alles im Leben nur in solcher Form: das Elternhaus, die Liebe, den Ehestand. Sie versuchte es, ihr volles Herz dem Jugendfreunde zu geben (das schwächste Leben hat eine Epoche, wo es der Welt, welche es noch nicht genug fürchtet, gegenüber wagt) und zerschellte damit am Felsen. Sie saß machtlos, mutlos in eintöniger Arbeitsamkeit in ihrem Winkel; sie konnte sich nicht wehren, als sie ihre erste Liebe aufgeben sollte; sie konnte nur in ihr Herz hinein weinen, und das ist viel schlimmer, als wenn es einem erlaubt ist, sich die Augen auszuweinen. Verwundet im Innersten, im Innersten verblutend, zurückgestoßen von allen Seiten, von allen Seiten belächelt und verhöhnt, wußte sie sich keinen Rat, und als mein Vater zu ihr kam, da war's zu spät, sie zu heilen. Das Schicksal kann ganz im stillen, ganz leise, leise, viel grausamer und erbarmungsloser sein als in dem Donner, mit welchem es dann und wann über die Welt hinfährt. Es kann sogar grausam sein in der Hülfe, welche es in der letzten, höchsten Not darbietet oder von ferne zeigt. So handelte es mit meiner Mutter und mit meinem Vater; die beiden Menschen, welche es füreinander schuf, welchen es, jedem für sich, Macht gab, das andere glücklich zu machen, führte es zusammen, verknüpfte es miteinander, als alle Bedingungen des Glückes zerstört waren, als die Zeit der Rettung längst vorüber war. Joseph Sonntag hätte der verkümmernden Seele unter dem Zeichen der Königin von Saba alles bringen können, was ihr fehlte; Karoline Spierling hätte ihm alles geben können, was ihm fehlte – zu spät, zu spät! Diese beiden Menschen mit den liebevollen, guten, phantasiereichen Herzen gaben sich nur die Hände, weil sie mußten, und die Zeit ihres Zusammenseins auf Erden war zu karg bemessen, um die Wunden der Vergangenheit zu heilen. Wohl fielen sonnige Streiflichter auf die dunkle Existenz der armen Karoline Sonntag; aber der volle Sonnenschein des Glückes war zu einer Unmöglichkeit geworden. Der Tod kam, und alles ist gesagt. Es war furchtbar, daß meine Mutter den Mann, der die Blätter schrieb, welche den Anfang dieses Heftes bilden, mir in ihrer Angst und Not als Lebensstütze geben mußte. Daß sie aber recht hatte, ihn zu rufen, hat die ihrem Tode folgende Zeit erwiesen und beweist die Gegenwart.

Ich aber lasse den Vorhang vor dem Schrein, welcher die traurig-süße Erinnerung – das Bild der Mutter – birgt, für jetzt herabsinken und fahre fort in der Entwickelung meines eigenen Lebensganges.

Es kamen Leute, vom Vormund gesendet, welche mir Privatunterricht im Lateinischen und in der Mathematik gaben, und später besuchte ich auf Kosten des Vormunds eines der Gymnasien der Stadt, wo ich meine Pflicht mit dem größesten Fleiß tat, ohne jedoch große Freude daran zu haben. Am liebsten hätte ich das erste beste Handwerk gelernt, um dieser unerträglichen Fesseln und Verpflichtungen ledig zu werden. Seit ich begriff, daß ich all mein Wissen auf Kosten des Notars Hahnenberg erwerbe, mußte mir alle Befriedigung schwinden; denn jeder Fortschritt, jedes belobende Wort, jede Schulauszeichnung, welche ich erlangte, gehörten nicht mir, sondern dem Mann, der mir so sehr zuwider war; alles, was ich durch ihn gewann, wurde zu einer neuen Last auf meiner Seele.

Wenn ich jetzt meinem Vater an dem Tische neben dem Fenster gegenübersaß, beneidete ich aus vollem, tiefem Herzen die Knaben auf dem Hofe, welche mit mir herangewachsen und soviel freier und selbständiger waren als ich. Ich bildete mir wenigstens ein, sie seien frei und selbständig, und die schmutzigste, widerlichste Arbeit, welche sie verrichteten, schien mir als die höchste und freieste Tätigkeit im Vergleich zu der Aufgabe, die ich zu lösen hatte. Ich hätte mit tausend Freuden all meine Gelehrsamkeit gegen die kräftigen Arme und die Handgeschicklichkeit der Ärmsten und Verwahrlosetsten unter den Plagegeistern meiner Kindheit vertauscht.

Daß ich nicht loskam, daß ich nicht in offener Empörung die Bücher fortwarf und dem nächsten Essenkehrer meine Dienste anbot, daran trug mein Vater die meiste Schuld, wie er die Schuld von so vielem andern sein ganzes Leben lang trug. Je hülfloser und hülfsbedürftiger er wurde, mit desto ängstlicherer Aufgeregtheit klammerte er sich an seinen Jugendfreund; denn naturgemäß imponierten ihm die Klarheit, Kälte, Logik und der Lebenserfolg desselben immer mehr. Ein Zweifel an dem Manne, ein Sträuben gegen die Ansicht, gegen den Willen desselben wurden zu einem Verbrechen, welches sich nur büßen, nicht aber abbüßen ließ. Mein armer Vater suchte mich jetzt nach den Besuchen des Vormundes nicht mehr durch Märchen und neue Spiele zu trösten: der Pate Hahnenberg hatte nunmehr recht, in allem recht; der Pate Hahnenberg hatte das Leben kennengelernt, er hatte es von der rechten Seite aufgefaßt, er wußte Bescheid darin; – ohne den Paten Hahnenberg gab es kein Heil, keine Hülfe; wir mußten dankbar sein, sehr dankbar, ungeheuer dankbar, der Pate Hahnenberg meinte es gut, sehr gut, unendlich gut mit uns.

Nur ein einziges Mal in dieser Zeit zwischen dem zwölften und achtzehnten Jahre versuchte ich den offenen Widerstand, von dem ich weiter oben sprach. Durch mein ewig von neuem verwundetes Ehrgefühl zur Verzweiflung gebracht, trat ich den Weg zur Wohnung unseres »Freundes« an, um ihm seine Wohltaten, meinen Dank und meinen Zorn vor die Füße zu werfen. Ich kam aber heim, ohne irgend etwas dergleichen ausgerichtet zu haben; der einzige Gewinn, welchen ich aus diesem Besuch zog, war, daß ich dabei eine Persönlichkeit kennenlernte, die berufen war, bald den größesten Einfluß auf mein Schicksal auszuüben. Ich machte die Bekanntschaft des Privatsekretärs Pinnemann.

Wir griffen in dem nämlichen Augenblick nach dem Glockenzug des Notars; wir gingen miteinander die Treppe hinauf und saßen zusammen, da eben ein Klient den vielgesuchten Advokaten konsultierte, eine Viertelstunde lang im Vorzimmer, und obgleich ich mich in einer gerade nicht sehr mitteilsamen Stimmung befand, erfuhr der Herr Privatsekretär oder Agent, wie er sich lieber nennen hörte, doch viel mehr von mir, meinen Ansichten von der Welt und dem Vormund, als ich sagen wollte. Ich fand, daß er eine gewisse Ähnlichkeit mit dem Notar Hahnenberg habe. Er war so hager wie jener, was jedoch nicht ausschloß, daß er nicht später recht fett werden könne, er war so elegant in Schwarz gekleidet wie jener; nur trug er einen etwas ins Rötliche spielenden Backenbart, während der Pate glatt rasiert ging – er hatte auch in seiner Erscheinung etwas Weiches, Süßes, welches dem Paten mangelte, und alles, was er sagte oder vielmehr flüsterte, klang bei weitem wohltuender als des Herrn Paten kühle Reden. Herr Pinnemann sah und hörte sehr scharf. Er sah, daß ich trotz aller meiner Entschlossenheit ein geheimes Grauen vor dem Zusammentreffen mit dem Vormund habe, und er vernahm trotz der geschlossenen Tür, was der Vormund mit dem Klienten verhandelte; es schien ihn aber nichts anzugehen, und so hatte er nicht nötig, seine Aufmerksamkeit zu teilen.

Er lobte den Vormund sehr. Er sprach mit innigster Verehrung von seinem enormen juristischen Wissen und seiner »über alle Begriffe sublimen« Geschäftskenntnis; mit Ehrfurcht sprach er von dem großen und gerechten Ruf, den er in der Stadt und weit im Umkreise besitze; aber jedesmal, wenn ich mich aus Ärger über diese überschwenglichen Lobeserhebungen abwenden wollte, flocht er geschickt einen kleinen Tadel ein, der mich widerwillig auf meinem Stuhl neben ihm festhielt. Als er den Grund meines jetzigen Besuches bei dem Notar enträtselt hatte, seufzte er tief und versank in ein noch tieferes Nachdenken. Er liebte es nicht, sich nutzlos zu kompromittieren.

Der Klient, dem Anschein nach ein wohlgestellter, gesunder, aber unzufriedener Güterbesitzer aus der Umgegend der Stadt, nahm endlich Abschied von seinem juristischen Ratgeber, der Vormund führte ihn höflich durch das Vorzimmer, Herr Pinnemann schnellte empor und verbeugte sich wie überwältigt von Ergebenheit und Ehrfurcht; ich stand tückisch-trotzig und drehte mürrisch die Mütze in den Händen. Der Vormund warf einen sehr verwunderten Blick auf uns, der Landedelmann polterte mit Gebrumm und Sporengeklirr die Treppe hinunter.

»Was?!« sagte der Pate. »Ihr beide?!... Wohlan, kommt herein! Was verschafft mir diese Ehre?«

Ich wünschte den Privatsekretär Pinnemann trotz aller seiner Liebenswürdigkeit an irgendeinen angenehmen, aber fernen Ort der Erde; er aber folgte mir lächelnd auf dem Fuße in das Kabinett des Paten.

Wie im ganzen Hauswesen des Notars, so herrschte auch hier eine vornehme, kühle Ordnung, welche dem Charakter des Bewohners ganz und gar angemessen war. Die Bibliothek, die Aktenhaufen, die Teppiche und Möbeln harmonierten trefflich miteinander, und kein Stäubchen ward auf ihnen geduldet. Durch eine halb geöffnete Tür, welche der Vormund jedoch sogleich schloß, sah man in das Zimmer der Schreiber, und auch hier befand sich alles an Ort und Stelle, man vernahm nur das Kritzeln der Federn.

Der Pate lehnte jetzt mit untergeschlagenen Armen an seinem Schreibtische; – er sah uns noch einige Augenblicke etwas verwundert mit emporgezogenen Augenbrauen an, um sich sodann zuerst an den Privatsekretär zu wenden.

»Nun, mein Lieber, wir haben uns ja lange nicht gesehen. Es scheint Ihnen wie immer gut zu gehen; – nicht wahr, Sie behandeln die Welt noch immer nach ihrem Verdienst und fahren selber gut dabei? Ich nehme wie gewöhnlich den innigsten Anteil an Ihnen, Pinnemann; – womit kann ich Ihnen dienen?«

»Man schlägt sich so gut und ehrlich wie möglich durch, Herr Notar. Es ist wirklich eine schlimme, selbstsüchtige Welt, und ein armer Teufel hat seine Not, mit ihr Schritt zu halten. Ich danke untertänigst für Ihr ehrenvolles Wohlwollen, Herr Notar!« lispelte Pinnemann und trug sodann sein Anliegen an den berühmten Advokaten klar und bündig vor. Was es war, habe ich vergessen und weiß nur, daß es sich um die legale Vollziehung irgendeines Dokumentes handelte; der Vormund gewährte es mit großer Höflichkeit; diese Sache war abgetan, und ich atmete etwas leichter, indem ich glaubte, nunmehr doch mein Wort unter vier Augen sprechen zu dürfen. Ich hatte mich aber getäuscht.

»Kannten Sie diesen jungen Mann bereits früher, Pinnemann?« fragte ihn der Vormund.

»Ich habe soeben erst die Ehre gehabt, seine Bekanntschaft zu machen.«

»Ich wünsche dir Glück dazu, August«, wandte sich der Pate an mich. »Bleiben Sie nur, Pinnemann, der junge Mann und ich haben einander keine Geheimnisse anzuvertrauen; ich möchte euch beide noch näher miteinander bekannt machen. Was hattest du mir zu sagen, mein Sohn?«

Es war mir, als drücke mir eine unsichtbare Hand die Kehle zu; wie gleichgültig oder sympathisch mir die Persönlichkeit Pinnemanns gewesen sein mochte, durch des Paten lobende Worte war sie mir für den Augenblick zuwider geworden wie der Pate selbst.

»Herr Notar«, schluchzte ich, »ich kam, um mit Ihnen allein zu reden, ich bitte –«

Der Vormund winkte begütigend und lächelnd:

»Auch vor Pinnemann habe ich momentan keine Geheimnisse. Wünschest du etwas von mir zu erlangen, oder hast du mir etwas zu bringen?«

»Ja«, rief ich in Verzweiflung, mit Tränen im Auge, »ja, hundertmal ja! Ich bringe Ihnen zurück, was Sie mir geben wollen; ich wollte, ich könnte Ihnen zurückbringen, was Sie mir gegeben haben! Ich will nicht mehr lernen auf Ihre Kosten. Lassen Sie mich frei, lassen Sie mich frei! Sie haben kein Recht, uns durch Ihre Wohltaten zu erniedrigen; ich will ein Tagelöhner werden; überlassen Sie uns unserm Schicksale – Sie haben kein Recht, so kalt und gelassen in das Leben meines Vaters, in mein Leben einzugreifen. Lassen Sie mich frei, Sie werden nie einen Dank erhalten für das, was Sie mir gegen meinen Willen aufdringen.«

Dieses und anderes, Ähnliches, sprudelte ich in Hast und Überstürzung hervor; ich machte nun, da ich einmal angefangen hatte, meiner Seele Luft, und der Pate ließ mich meine Gefühle ausströmen, ohne seine Miene oder nur seine Stellung zu verändern; Pinnemann aber sperrte trotz aller Selbstbeherrschung doch ein wenig den Mund auf.

Endlich war ich fertig oder vielmehr gezwungen, vor Erschöpfung einzuhalten. Der Notar Hahnenberg legte die Feder, die er vom Tisch aufgenommen und mit welcher er bis jetzt ruhig gespielt hatte, leise neben seinen Akten nieder.

»Du könntest mir Grund zur Verwunderung geben, August Sonntag«, sagte er, »ich habe es mir aber nach dem Horazischen Diktum zum Grundsatz gemacht, mich so selten als möglich zu verwundern. Ich könnte dich einfach zur Ruhe und an das Stadtgericht verweisen, welches meine Vormundschaft über dich bestätigte; da ich jedoch augenblicklich eine Minute zu deiner und meiner Verfügung übrig habe, so werde ich deine Rede durch eine andere, wenn auch kürzere, erwidern und ersuche dich um eine ähnliche Aufmerksamkeit, wie ich dir gewidmet habe. Du bist jetzt siebzehn Jahre alt, mein Freund, und also noch recht jung; da du aber einen über deine Jahre hinausgehenden Mut bewiesest, so werde ich mich so lebendig als möglich in deine Situation versetzen und mit dir über deine Vorwürfe und Insinuationen in Gelassenheit rechten. Knabe, wem hast du zu danken, daß du so zu mir reden konntest? Besinne dich darauf und gestehe, daß meine Weise dir doch wohl ein wenig wohltätig gewesen sein muß. Du Narr, quae medicamenta non sanant, ferrum sanat; ich habe deiner Mutter versprochen, das Eisen, welches ihr wie deinem Vater im Blute fehlte, dir in die Adern zu jagen, und ich wünsche, mein Versprechen ferner zu halten. Ich achte deine Gefühle, sie sind anständig genug; aber ich werfe dagegen die Erfahrungen eines wohlbedachten, vorsichtigen Lebens in die Waagschale und werde mich durch Gefühle nie beirren lassen. Ich sehe die Welt mit andern Augen an als du, und die Beleuchtung, in welcher sie mir erscheint, ist die wahre. Du siehst sie noch durch das Medium des Lachens und der Tränen, des Eifers und des Zorns; ich habe mit all dem seit längerer Zeit gebrochen. Dich glücklich zu machen, wie die Leute es nennen, ist mir nie eingefallen; aber hoffentlich gelingt es mir, dich gleichgültig zu machen; Wiegenlieder werde ich zu diesem Zweck dir freilich nicht singen, und das gewöhnliche Zuckerwerk des Lebens kann ich nicht zu deiner Verfügung stellen; dagegen empfehle ich dir hiermit abermals den Herrn Agenten Pinnemann, einen Mann, welcher die Welt womöglich noch besser kennt als ich, und –«

»Oh, Sie schmeicheln mir – Sie sind zu gütig, Herr Notar!«

»Und ihr jedenfalls viel besser ihr Recht gibt als ich. Pinnemann, zeigen Sie dem jungen Mann ein wenig von Ihrer Kunst, den andern einen Schritt voraus zu sein; heben Sie für ihn ein wenig den Vorhang von Ihren angenehmen Grundsätzen; Sie werden wohl wissen, wie weit Sie gehen dürfen.«

»Sicherlich nicht über ihr Wohlwollen und mein Wohlergehen hinaus, Herr Notar.«

»Gut. Meine geschäftsfreie Zeit ist übrigens abgelaufen; ich muß die Herren ihrem Schicksal überlassen. August, dein Besuch hat mir sehr wohlgetan; gib deinem guten Vater meine besten Grüße; folge dem Herrn Agenten, indem du jederzeit bedenkst, daß ich dir nicht deinen Schutzgeist zur Seite gestellt habe. Vertrauen gegen Vertrauen; du hast mich heute morgen mit deinen Ansichten bekannt gemacht, ich mache dich mit meinem früheren Schreiber Karl Pinnemann, der mich verließ, weil ich ihm zu ehrlich war, hörst du, zu ehrlich war, bekannt.« –

Betäubt stand ich in der Gasse. Umsonst hatte ich alle meine Energie zusammengefaßt; der lächelnde Mann da oben hatte mich in eine Nichtigkeit hinabgedrückt, in welcher ich zu keinem Entschluß mehr fähig schien. Im Grunde hatte er wenig auf meine Vorwürfe zu entgegnen gewußt; aber seine Persönlichkeit, seine Sicherheit, sein Selbstbewußtsein überwältigten mich; denn ich hatte ihm nichts Gleiches entgegenzusetzen. Regungslos, ratlos stand ich, gedrängt und gestoßen von dem Gewühl und Verkehr der Stadt; erschreckt fuhr ich empor, als Pinnemann, der mich während meiner Betäubung wahrscheinlich noch viel genauer studiert hatte, mich an der Schulter berührte und, nach den Fenstern des Vormundes deutend, mit Überzeugung sagte:

»Ein ausgezeichneter Herr!«

Ich starrte dem mir empfohlenen neuen Führer ins Gesicht, in die schlau blinzelnden Augen, ich sah ihn mit der beringten Hand durch den wohlgeordneten Backenbart fahren; mit Ekel und Widerwillen wandte ich mich ab und kam atemlos, *ohne* seine Begleitung, in der armseligen, jammervollen Wohnung meines Vaters an.

War nun dieser Versuch, die Autorität, den Einfluß des Notars Hahnenberg abzuschütteln, gänzlich mißlungen, so begann doch von ihm aus eine neue Epoche meines Lebens. Ich suchte in dem Studium eine Befriedigung, welche ich sonst nirgends fand, und ohne Lust am Lernen versaß ich meine Tage über den Büchern und schloß in wahrhaft krankhafter Weise mit der Außenwelt ab. Meine Existenz war eben eine abnorme, und wohl selten hat ein Kind seine Jugend so sehr gehaßt wie ich in jener Zeit. Dem Wissen, welches die Schule geben konnte, eilte ich weit voraus und brütete in der Dämmerung des Daseins so matt und so frühreif, daß es zum Erbarmen war, und als ich zuletzt, wie es des Paten Wille war, doch dem Agenten Pinnemann verfiel, lag hierin wahrscheinlich die einzige Möglichkeit der Rettung meines physischen wie moralischen Menschen. Die Krankheit meines Lebens konnte nur durch Gift neutralisiert werden, und daß der Vormund seinerzeit und von seinem Standpunkt aus ein großer Menschenkenner war, kann nimmermehr geleugnet werden.

Der Pate Hahnenberg ließ sich übrigens seit unserer Morgenunterhaltung seltener bei uns blicken. Ein Vierteljahr lang kam er gar nicht; dann stattete er kurze Besuche in immer längern Zwischenräumen ab; – mich schien er immer weniger zu beachten, und ich tat natürlich nichts, seine Aufmerksamkeit auf mich zu ziehen, sondern ging ihm soviel als möglich aus dem Wege.

Den Herrn Agenten Pinnemann brachte mein Vater von einem Spaziergang mit; die Bekanntschaft desselben hatte er »ganz zufällig« gemacht, und wie schwer der Mann wieder loszuwerden war, das sollten wir erfahren, aber wir nicht allein.

Allmählich fing er an, seine Lebensweisheit vor mir auszukramen. Er war so offen, so naiv, so ohne Falsch. Seiner Meinung nach ließ es sich so gut und leicht und angenehm in der Welt leben, wenn man nur den geringsten guten Willen dazu mitbrachte. Er selbst – Karl Pinnemann – war ein lebendiges Beispiel, die vortrefflichste demonstratio ad oculos davon. Wie der Mensch aus nichts etwas werden könne, bewies er glänzend; »Bescheid zu wissen« war alles, was man brauchte, um jedem Schicksal gewachsen zu sein; – eine halunkenhaftere Philosophie war noch niemals mit harmloserer Miene doziert worden.

Der Vormund mag später selbst auseinandersetzen, weshalb er mir dieses Wesen in den Weg warf und weshalb grade dieser Mann sich zu diesem Dienst gebrauchen ließ; ich habe an dieser Stelle nur zu sagen, daß das, was der Vormund wollte, geschah.

Jener meiner Natur vollkommen entgegengesetzte Charakter übte allmählich eine immer größere Wirkung auf mich aus. Wenn ich mich anfangs mit Grimm und Ekel von ihm kehrte, so änderte sich das bald. Ich hörte ihm immer aufmerksamer zu, ich begann mit ihm zu streiten, ich lachte über ihn und – ließ mich von ihm führen.

Wahrlich, ich lernte die Welt unter seiner Leitung von einer neuen Seite anschauen! –

Pinnemann machte sich sowenig Illusionen wie der Notar Hahnenberg; aber weit entfernt, die Welt kaltlächelnd zu verachten wie mein Vormund, suchte er sich ihrer in brutaler Genußsucht zu bemächtigen, und aller Firnis konnte die Gemeinheit seiner Natur nicht vertünchen. Er war schlau; aber ihm mangelte zuletzt doch die Klugheit, welche im Schlechten wie im Guten etwas Großes erreicht. Er war der Mann der kleinen Geschäfte, der kleinen Intrigen, der Bübereien, welche dicht an dem Kriminalgesetzbuch herstreifen. Er verkaufte jetzt Auswanderer an amerikanische Güterspekulanten, und er hatte in früherer Zeit unzüchtige Bücher und Bilder verkauft. Er lieh Geld an junge Leute aus den bessern Ständen und an arme Handwerker, welche sich in augenblicklicher Verlegenheit befanden. Letztere ruinierte er dadurch gewöhnlich vollständig. Ein Dutzend andere ähnliche Erwerbszweige benutzte er mit Geschick, und es war sein Ruhm, daß »seine Flöte mehr als ein Loch habe«.

Selbstverständlich hatte ihn der Pate nicht dazu engagiert, mich in alle diese verschiedenen Arten, eine unnütze, gefräßige Raupenexistenz behaglich fortzusetzen, einzuweihen, und er hütete sich auch sehr, es zu tun. Aber er führte mich in den Gassen spazieren, er machte mich mit seinen Freunden und Bekannten bekannt; er gab mir in seiner mit frechem und geschmacklosem Luxus aufgeputzten Wohnung zu essen und zu trinken und lehrte mich in der Tat, daß es nicht viele Menschen gebe, welche einem reichen Vormund gegenüber sich so grenzenlos dumm und albern aufführen würden, wie ich es getan hatte.

»Einen närrischern Vogel wie Sie, mein Junge, habe ich in meinem ganzen Leben noch nicht gesehen«, sprach Pinnemann. »Ich kenne Ihr Verhältnis zu dem Herrn Notar ganz genau, ich kenne den Herrn Notar ganz genau und finde nichts, was Sie zu Ihrer korrupten Anschauung berechtigt. Ich hatte früher die Ehre, im Dienste des Herrn Notars zu stehen – wir waren damals beide noch recht junge Leute –, und auch ich trennte mich damals von ihm; aber wahrlich, meine Gründe waren ein wenig klarer als die Ihrigen. Der Herr Doktor Hahnenberg ist ein Mann von enormem Talent, im Besitz eines bedeutenden Vermögens, und er hat es gut mit Ihnen im Sinn. Seine kleinen Eigenheiten und Schrullen treten doch jedenfalls vor den Vorteilen zurück, die er Ihnen zu bieten hat. Statt mich gegen einen solchen Mann wie ein eigensinniges Kind zu sperren, würde ich mir lieber vornehmen, dereinst in seine Schuhe zu steigen. Beim Teufel, Sonntag, was hätte ich, als ich in meiner unschuldigen Jugend in Kompanie mit diesem Paten Hahnenberg hungerte, für ein Zehntel von Ihren jetzigen Aussichten gegeben! Ich sage ihnen, scharf, scharf sein ist die Parole; alberne Sentimentalität nützt zu nichts. Scharf und biegsam. Sehen Sie, ich kann mich biegen wie eine gute Säbelklinge, wenn es nötig ist. Ich biege und beuge mich vor dem Herrn Notar Doktor August Hahnenberg und gehe trotzdem meinen eigenen Weg. Er hat mir befohlen, Ihnen mein Herz auszuschütten, und ich öffne Ihnen alles, mein Herz, meinen Geldbeutel, meinen Küchenschrank. Der Herr Pate will mich als eine Art Folie gebrauchen, ich soll Ihnen mit meinem Dasein den Gegensatz Ihrer Höhlenexistenz vor die Augen führen, seine angenehme, werte Person drapiert sich um so besser in der Mitte der beiden; – bon, ich bin alles in allem doch ein guter Kerl; hier knöpfe ich mich Ihnen und dem Herrn Paten zum Gefallen auf; wer kann die Folgen einer solchen lumpigen Gefälligkeit bestimmen? Nach einigen Jahren – bah, Sie rauchen noch nicht? Sehr vernünftig; lassen Sie uns noch ein wenig durch die Gassen schlendern; – es lebe die Heiterkeit und die gute Verdauung! –«

Ein eigener Taumel hielt mich während dieser Epoche meines Lebens umfangen. Mein Vater verfiel zu einer Zeit, wo der Mensch noch in Arbeit und Genuß kräftig stehen und streben soll, jener zweiten Kindheit, welche die Natur sonst nur an das Ende des längsten Lebenslaufes zu setzen pflegt; und ich – ich mit meiner klassischen Schulgelehrsamkeit, mit meinen stümperhaften lateinischen und griechischen Errungenschaften konnte ihn nicht erhalten. Es kam eine Zeit, wo ich mit Schauder daran dachte, was daraus werden würde, wenn der Vormund jetzt seine Hand von uns abzöge. Aber der Vormund schüttelte nur den Kopf und fing an, den Vater spazierenzuführen, wie Pinnemann mich spazierenführte. Er wurde dem Kranken gegenüber sogar milde und duldsam; – ich verstand den Mann immer weniger. Betäubt ergab ich mich oder ließ vielmehr, augenblicklich gebrochen und unterworfen, mit mir geschehen, was ich nicht zu ändern vermochte. Um mir dabei seine eigene Verachtung der Dinge einzuflößen, konnte der Vormund keinen bessern Zeichendeuter finden als den Buben, welchen er mir an die Seite gestellt hatte. Allen Enthusiasmus, alle Begeisterung, jede schöne Täuschung mußte, mußte mir dieser Begleiter und Führer aus der Seele zerren; es war ein Mephisto, ein verneinender Geist und noch dazu, trotz aller Schlauheit, ein roher, ungebildeter, alberner. Sein Witz war flach, falsch und gemein; allein ich war zu unfertig, um mich dagegen wehren zu können. Durch die Theater, die Musikaufführungen, die Ausstellungen von Kunstwerken wurde ich von diesem Pinnemann gezogen, und heute noch faßt mich ein zähnknirschender Zorn, wenn ich daran gedenke, in welcher Weise er mir jedes begeisterte Aufwallen der Gefühle abzutöten strebte. Diese halbgebildete Böswilligkeit, dieses impotente Geifern der Nichtigkeit gegen das Wahre und Schöne, gegen jede Hoffnung und Opferlust sind das Schrecklichste, was die Zivilisation in ihrem Schoße erzeugt. Die Menschheit schlägt sich darin selber ins Gesicht, und der Gedanke, daß doch im Grunde Leute wie mein Führer den meisten Einfluß auf die Masse und überall das erste und das letzte Wort zu sprechen haben; reicht hin, auch den Treuesten und Ehrlichsten zu verbittern und in den tiefsten Ekel hinabzujagen.

Wo steht Pinnemann nicht neben uns und den Dingen? Wo tritt er uns nicht entgegen? Wo folgt er uns nicht auf den Fersen? Muß man ihm nicht alles abkämpfen, um zuletzt, selbst im Siege, mit der eigenen Persönlichkeit für den Sieg zu büßen?

Ist es nicht Pinnemann, die blasse, froschkalte, kahle, pomadisierte, genußsüchtige, nüchterne Unverschämtheit, welche überall bereitsteht, um, wie *mein* Pinnemann sich treffend ausdrückte, »unmotivierter Begeisterung und Aufgeregtheit den Hut einzutreiben« –? Ist es nicht Pinnemann, welcher überall die besten Plätze einnimmt, Pinnemann der Claqueur, Pinnemann der Cliqueur? Wenn es eine zweite Vorsehung gäbe, müßte man sie Pinnemann nennen; Pinnemann selbst hält sich für die einzige und alleinige Vorsehung und setzt sein jämmerliches Ich stets auf den höchsten Stuhl im Mittelpunkt aller Dinge. –

Alle Freude, aller Genuß an dem, was mir nach dem Willen des Vormundes gezeigt wurde, mußte mir vergällt werden durch die Art, wie es mir gezeigt wurde. Es war ein gefährliches Spiel; wenn ich mich nicht selbst dabei verlor, so ging ich im besten Fall abgestumpft, mit verödetem Gemüt, aber als ein Mann nach dem Wunsch des Vormundes daraus hervor.

Ich sah und hörte um diese Zeit bedeutend mehr, als sonst junge Leute aus meinem Stande und von meinem Alter zu hören und zu sehen bekommen. Der Agent Pinnemann hatte eine große Bekanntschaft und war in den höchsten und tiefsten Verhältnissen der Stadt gleich sehr bewandert. Wie er mir in alle meine Götterwerke der dramatischen Kunst die Persönlichkeiten der darstellenden Künstler samt allen ihren mehr oder weniger schlechten oder lächerlichen Eigenschaften, samt ihren verborgensten Privatangelegenheiten zog, so zog er das arme, schwache Menschliche überall hinein oder hervor. Wie die Könige, Helden und göttlichen Frauen, welche über die Bühne gingen, ihm nur der und der, die und die mit all ihrer schuldenmachenden, neckischen, boshaften, üppigen Trivialität waren, so schob er die Trivialität der Einzelheit überall in den Vordergrund und drängte das Wahre, Ewige, Allgemeine nach besten Kräften in den Hintergrund und womöglich ganz hinaus.

Und ich war, alles in allem genommen, doch kein Held und Halbgott, um allen diesen starken und gefährlichen Einwirkungen widerstehen zu können, sondern nur ein blöder, schüchterner Knabe, ein unerfahrener, wohlmeinender Jüngling, welcher nichts als sein Herz, ein Stück angeborenen Rechtssinns und seine ungenügende Schulbildung in diesem seltsamen Schachspiel dem vielgewandten, weltklugen Gegner und – Freund, dem Notar Doktor August Hahnenberg, entgegenschieben konnte.

Der Vormund wünschte, als meine Schulzeit zu Ende ging, daß ich die Rechte studieren möge; nach Pinnemanns Einflüsterungen schien er die Absicht zu haben, mich nach, in seinem Sinne, glücklich vollendeter Erziehung in sein Büro aufzunehmen und mich in eine Art von Kompaniegeschäft zu ziehen. Mein Vater mußte sich um diese Zeit zu Bett legen und sollte in demselben ein volles Jahr in dem trostlosesten Zustande sich zu Tode schlummern; gleich mir brachte er die Tage bis zu seiner Erlösung in einem Halbtraum zu, und wie ich zwischen meinem eigenen Willen und dem Willen anderer machtlos hin und her geworfen wurde, so hing sein willenloses Ich zwischen Leben und Tod, im Spiel der Spukgestalten aus den Reichen beider.

Ich verließ die Schule und bezog die Universität, das heißt, ich schritt durch andere Gassen zu einem andern Gebäude und hatte mich einer andern Lehrmethode zu unterwerfen; sonst änderte sich in meinem Sein unendlich wenig. Wieder nach dem Willen des Vormundes wurde ich der juristischen Fakultät zugeschrieben und besuchte die Vorlesungen der Rechtslehrer, um schläfrig nachzuschreiben, was sie ihren Zuhörern diktierten; – ich sträubte mich immer matter gegen die guten Absichten, welche man in betreff meiner hatte. Es stand meiner ganzen Umgebung zu klar vor Augen, daß das Glück nur auf dem Wege liege, welchen der Pate Hahnenberg mich gehen hieß; – es wäre ein zu großes Wunder gewesen, wenn ich nicht endlich auch geglaubt hätte, was alle Welt sicher wußte. Eine Bekanntschaft aber, welche ich jetzt machte, rettete mich vor meinem »Glück«, vor dem Paten Hahnenberg, dem Agenten Pinnemann, und zwar ganz nahe vor jenem bedenklichen Punkt, hinter welchem jeder Pfad im menschlichen Leben so abschüssig und schlüpfrig wird, daß an ein Umkehren so wenig wie auf dem gläsernen Berge des Märchens zu denken ist.

Ich ging bereits zärtlich Arm in Arm mit Pinnemann, und er war nahe daran, mir das freundschaftliche Du anzubieten, als wir eines Abends (ich war ungefähr dreiviertel Jahr lang Student der Rechtswissenschaften) uns des Spaßes wegen auf der höchsten Galerie des Opernhauses befanden. Der Herr Agent liebte es, von Zeit zu Zeit, allen seinen aristokratischen Gefühlen zum Trotz, sich unter das Volk zu mischen und sich »inkognito« ein stets etwas lümmelhaftes und albernes Vergnügen zu machen. Eine Aufführung des »Fidelio« schien ihm vor allem geeignet, unter dem »Plebs im Paradiese« Unsinn zu treiben, und daß ich ihm mit ziemlichem Behagen folgte, malt besser als alles andere meinen damaligen Zustand.

Wir störten also an diesem Abend nach Möglichkeit das Volk in seiner Freude, in seiner Andacht, wir ärgerten alle die, welche für ihr Geld das Stück sehen und hören, sich fürchten und weinen wollten; wir brachten junge und alte Frauenzimmer in Verlegenheit und unschuldige, maulaufsperrende Gesellen in Konflikt mit der Wache. Wir sahen in den heißen, glänzenden Kessel des Hauses hernieder, suchten Bekannte und Bekanntinnen, teilten uns ungehörige Bemerkungen mit und hatten es nur der Pinnemannschen Frechheit zu verdanken, daß wir nicht hinausgeworfen oder gar ebenfalls auf die Wache geführt wurden.

Wir waren natürlich erst gegen das Ende der Oper zu der Höhe des vierten Ranges emporgestiegen; die Nerven des Herrn Agenten litten keinen längern Aufenthalt in dem Dunst und der Hitze, welche hier herrschten; – und in dem Augenblick, als die treffliche Sängerin in jenen »Mark und Herz« erschütternden Schrei: »Töt erst sein Weib!« ausbrach, machte ich die Bekanntschaft, welche mich für immer von Pinnemann erlösen sollte.

Hinter den Sitzreihen läuft eine Brüstung her, hinter welcher eine ziemlich unbegrenzte Zuschauerzahl ihre »Stehplätze« findet; hier war ich an die Seite eines anständig, aber ärmlich gekleideten Menschen gedrängt, der die Arme auf die Brüstung und den Kopf auf die Arme gelegt hatte und, meiner Meinung nach, in den tiefen, ruhigen Schlaf der Unschuld versunken, das heißt, wie Pinnemann meinte, besoffen war. Ich hatte natürlich seine Ruhe schon in jeder Weise zu stören gesucht; aber es war mir nicht gelungen; in dem Augenblicke jedoch, wo die Sängerin dem falschen Gouverneur jenen Verzweiflungsruf entgegenschrie, richtete er das

Haupt, ohne mein Zutun, mit einem Ruck empor – der Mann war blind! Ich erschrak sehr darüber, obgleich mir diese Entdeckung in meiner damaligen Stimmung ganz und gar gleichgültig sein mußte; in diesem glanzlosen und doch so lichterfüllten Aufblicken lag eine Zaubermacht, welche mir tief, magisch, unwiderstehlich in das Herz griff und wie eine Offenbarung auf mich wirkte. Im Anfang war das Gefühl so peinlich, daß ich zurückwich, ohne jedoch den Blinden aus dem Auge lassen zu können. Ich ließ auch den Agenten, welcher nunmehr anfing, sich zu langweilen und nicht von dem Gedränge des Volkes aus dem Theater geschoben werden wollte, allein ziehen; mein Schutzengel vertrat mir den Weg und hieß mich bleiben.

Friedrich Winkler war blind geboren worden und stammte von kleinbürgerlichen Eltern, die starben, nachdem sie noch eine sehende Tochter erzeugt hatten. Die Kommune nahm sich der beiden Verlassenen an, das kleine Mädchen wurde in einem anständigen Waisenhause untergebracht, und Friedrich hatte schon früher, vor dem Tode der Eltern, in einer Blindenanstalt alles erlebt und erlernt, was ein solches Institut Unglücklichen seinesgleichen zu bieten hat. Er flocht mit Geschick feine Körbe und Spielereien aus Stroh und dergleichen und bekam Unterricht in der Musik, vorzüglich im Geigenspiel. Das eine sollte ihn leiblich, das andere geistig vor dem Untergange schützen, und nach beiden Seiten hin wurde der Zweck erreicht; jedoch kam das geistige Leben am besten dabei weg.

Die Schwester erlernte die Näherei, und erst nach jahrelanger Trennung, wie es nicht anders sein konnte, fanden sich die Geschwister in einer fast noch erbarmungswürdigeren Wohnung, als die meines Vaters war, zusammen, um nunmehr den Weg des harten Lebens Hand in Hand zu gehen; es war aber eine hohe Ehre und ein dankbar anerkanntes Glück für mich, als ich einige Zeit nach jener Aufführung des »Fidelio« zum erstenmal an ihre Tür klopfen durfte und freundlich als Freund empfangen wurde. Das waren die großen Kontraste meines Daseins: der Pate Hahnenberg und mein Vater, der Agent Karl Pinnemann und der blind geborene Friedrich Winkler, und ich habe später klar die Logik der Vorsehung erkannt, welche mich zuerst in den schwankenden Widerstreit aller Gefühle warf, um mir dann in der rechten Stunde die Hand zu bieten.

Ich hatte in der Tiefe gekämpft und gelitten; nun saß ich mit dem neuen Freunde, der mir nie verlorengehen konnte, in der Höhe und hörte und ließ die Welt unter mir rauschen; mein Leben war ein anderes geworden, ein anderes bis in die leisesten Empfindungen; die Hülfe war von einer Seite gekommen, von welcher her ich sie nimmermehr erwarten konnte. Friedrich wußte nichts von den Kämpfen, welche ich bestanden und noch zu bestehen hatte; wenn er sich dem großen körperlichen Übel ergeben mußte, so kannte er doch nicht die Demütigungen, die ohnmächtigen Abängstigungen, welchen der unterworfen werden kann, der Augen hat, um zu sehen: Wer würde einem Blinden nicht aus dem Wege treten? Wer würde ihm nicht die Hand bieten, um ihn vor dem Fall zu bewahren? Wer sagte ihm willig ein hartes Wort?

Freilich war Friedrich in einer ebenso dumpfigen Luft aufgewachsen wie ich; aber der Schleier, der ihm die Augen verhing, verdeckte ihm mit dem Schönen auch das Schmutzige, das Elend; und leider überwiegt ja das letztere weitaus für die Mehrzahl der Kinder dieser Erde. Für das, was ihm das Geschick entzog, hatte es ihn reichlichst entschädigt; er durfte in einer selbstgeschaffenen idealen Welt leben, und das, was die größten Dichter nicht erlangen, das umgab ihn zauberhaft; er schwebte wahrlich in einem Reiche, das mit Wundern erfüllt war, und kein Verkehr mit den Leuten und Dingen, welche sich ihm doch aufdrängten und aufdringen mußten, konnte dauernd sein dunkles und doch so lichtes Zauberreich verwirren.

Wie ich aus unserer Kellerwohnung emporstieg zu seiner Dachstube, so stieg ich auch geistig auf und saß sehend in aller Armseligkeit und schloß die Augen, um die neue Offenbarung des Lebens in mich aufzunehmen.

Nun begann ich mein Dasein zum zweitenmal von den dunkelsten Anfängen an zu leben. Alles, was mir bis jetzt geschehen war, sah ich nunmehr durch ein neues Medium, und alles Trübe lichtete sich, alles Schwankende befestigte sich. Indem ich meine jungen, harten Erfahrungen mit den innern Erlebnissen dieses Blinden vereinigte, wurde ich ein Mann; – ach, Friedrich Winkler konnte mir viel mehr geben, als ich ihm zu bieten hatte. Ich konnte seine reine, keusche

Unwissenheit durch das, was ich so traurig gut kennengelernt hatte, nur stören; er aber gab mir nur Licht, Ruhe, Frieden. Wenn ich aber an dieser Stelle beschreiben will, wie jetzt allmählich mein Sein und Wesen bis in die kleinsten Einzelheiten zurechtgerückt wurde, so schwindet mir seltsamer-und doch begreiflicherweise alle Macht dazu; – wie diese Bekanntschaft, diese Freundschaft meine ganze trockene Natur damals überwältigte und übermächtig auf mich eindrang, so wirkt in diesem Augenblick noch die Erinnerung daran ebenso überwältigend. Wohl selten haben sich zwei so verschieden geartete, so verschieden erzogne, so verschieden vom Geschick ausgestattete Seelen so vollständig gegenseitig ergänzt wie Friedrich Winkler und ich.

Und das Unglück begünstigte mich! Mein Vater starb. Die Wasser seines Lebens, die so kümmerlich, so langsam qualvoll durch Moor und Bruch hingeschlichen waren, versiegten gänzlich; sie verloren sich, und man konnte kaum sagen, wie und wo. Aus der hilflosen Bewußtlosigkeit war an einem Morgen der ewige Schlaf geworden, und ich hatte den Übergang aus dem einen in den andern nicht bemerkt. Die Ketten, welche mich an den Vormund fesselten und mich auf seine Wege zwangen, waren abgefallen; aber ich stand still und starr und weinte und fühlte nach ihren Spuren um die Hand-und Fußgelenke.

Nun war ich frei, nun konnte ich meinen Willen haben, ohne dadurch den Vater hinab in größeres Elend zu ziehen; – Pinnemann ließ mich laufen, da der große Notar Hahnenberg nicht mehr wünschte, daß er sich an meine Fersen hänge; – die Versuche des letztern aber, mich noch immer in dem alten Kreise festzuhalten, waren gering; er schien zu sehen, daß wir *um diese Zeit* doch nicht füreinander paßten; er schloß das Konto, das er in seinen Geschäftsbüchern jedenfalls für mich angelegt hatte: habeat. Das Begräbnis meines Vaters bezahlte er noch und gab ihm auch mit mir und Friedrich Winkler das letzte Geleit. Nach dem Begräbnis hatten wir am Tore des Kirchhofes für Jahre das letzte Gespräch miteinander.

Er sagte:

»So steht denn dein Entschluß, mich zu verlassen und deinen eigenen Weg zu gehen, fest. Es möge also so sein; wir scheiden an dieser Stelle. Vielleicht hast du mir zu danken, daß du fähig bist, einen Entschluß zu fassen; aber da du den Dank wohl nicht gutwillig geben wirst, so werde ich ihn nicht fordern. Lebe denn wohl, August Sonntag, und sei glücklich, glücklicher als deine Eltern, glücklicher als ich.«

Der Mann, der so mit mir sprach, hatte allein von allen früheren Freunden und Bekannten dem Vater das arme Leben leichter gemacht; er hatte ihm ein sanfteres Sterbekissen gegeben; er hatte den Platz, auf welchem der Tote ruhte, gekauft; ich griff schluchzend nach seiner eisernen, kalten Hand und rief:

»Ich bin nicht undankbar, ich bin gewiß nicht undankbar; ich weiß und erkenne, was Sie meinem Vater und mir getan haben, aber Sie müssen auch wissen, in welchen Zwiespalt Sie mich geworfen haben. Sie wollten strafen und retten zu gleicher Zeit, Sie wollten zu gleicher Zeit sich rächen und Gutes tun. Ach, Sie stehen freilich fest in Ihrer Verachtung der Menschen und Dinge; aber wo Sie stehen, ist kein Raum übrig für den Sohn Karoline Spierlings. Glauben Sie nicht, daß ich in Verblendung oder in Unwissenheit Ihrer Meinung oder Verkennung derselben von Ihnen scheide. Ich weiß, weshalb Sie Ihre Wohltaten mit Spott und Anreizungen vermengt haben; ich weiß, weshalb Sie jenen Mann, welcher dort am Gitter auf Sie wartet, an meine Seite gestellt haben: Sie hatten recht von Ihrem Standpunkte aus, Sie mußten mich zu schützen suchen gegen das, was meine Eltern elend machte und untergehen ließ; aber Sie haben nicht recht von meiner Stelle aus, denn ich stehe zwischen meinen Eltern und Ihnen.«

Der Pate ließ mich seine Augen nicht sehen; er hielt sein Gesicht gesenkt; aber plötzlich wandte er sich schnell ab, zog seine Hand aus der meinigen und schritt zu seinem Wagen, dessen Schlag Pinnemann dienstfertig aufriß.

So schieden wir für jetzt, und ich führte Friedrich Winkler nach seiner Wohnung und biß die Zähne aufeinander zwischen Schmerz und wildem Frohlocken über meine Freiheit. Nun galt es zu beweisen, daß ich fähig sei, mich selbst zu führen und mein Schicksal zu bewältigen. Ich für mich allein konnte Hunger und Kälte ertragen; aber darin lag wahrlich nicht einzig meine Aufgabe; ich mußte nicht nur entsagen, ich mußte auch erringen können; ich durfte geistig nicht unter das sinken, was der Vormund mir geben wollte; alles andere war doch nur Nebensache. Mit der Hülfe meines blinden Freundes gelang es mir, über das sustine et abstine der Stoiker emporzusteigen.

Nach einem letzten kurzen Zaudern verließ ich das Studium der Rechtswissenschaft und beschloß, ein Arzt zu werden; ich war ja in den Regionen der Gesellschaft aufgewachsen, in welchen einem am deutlichsten und am schauerlichsten die ebenso große Unzulänglichkeit wie Notwendigkeit der Heilkunst entgegentritt.

Mit einem Dutzend Büchern und einem Strohsack in einem leeren Stübchen begann ich meine neue Laufbahn; aber ich war nun auch aus der Tiefe in die Höhe gezogen und wohnte jetzt neben Friedrich und seiner kleinen hübschen Schwester.

Wie ich damals körperlich lebte, entzieht sich im eigentlichsten Sinne jeder Beschreibung, und heute erscheint mir diese Seite meines damaligen Zustandes wie ein traumhaftes Puppenleben, während welchem die Fähigkeit, es zu ertragen, nur durch eine gänzliche physische Apathie bedingt war. Aber in der Chrysalide war der Geist wach und lebendig, und meine Wandnachbarn in der Höhe sorgten dafür, daß der Funke nicht erlösche. Wie eine tröstliche Stimme aus einer andern Welt klang durch die dünne trennende Bretterwand die Geige Friedrichs, während der Schnee der Winternacht herniederrieselte und meine Finger vor Kälte erstarrten. Und die Nacht mochte noch so weit vorrücken, den blinden Freund fand ich zu meiner Ermutigung bereit, wenn ich mit meinem verstörten Hirn und heißen, brennenden, schmerzenden Augen zu ihm hinüberging. Wir saßen dann im Dunkeln, um das Licht, welches er nicht nötig hatte, für mich zu sparen; wir hörten den Wind vor den Fenstern, wir fühlten ihn nicht, wie er durch die schlecht verwahrten Fenster und Wände zog. –

Der blinde Geiger war in bestimmten Kreisen der Stadt gar keine unbekannte Erscheinung; junge Künstler hatten auf der Galerie des Opernhauses seine Bekanntschaft in ähnlicher Weise gemacht wie ich; einige derselben waren imstande, ihn, seine kleinen Künste und seine große Kunst in wohlhabenden Häusern zu empfehlen; mit Hülfe des Blinden gelang es mir, Zöglinge zu bekommen, die ich im Lateinischen und in der Mathematik unterrichtete, welche ich zum Maturitätsexamen vorbereitete. Mit *seiner* Hülfe vollendete ich meine Studien. Ich legte meine ersten ärztlichen Proben in den Spitälern und einem Armenviertel der Hauptstadt ab; ich wurde Arzt in Hohennöthlingen und gewann meinen Willen, mein Glück und meine Mathilde, nachdem ich –

IV

Auch Mathildes Tage folgen einander, gleichen aber einander nicht

Es ist unerträglich, und ich ertrage es auch nicht länger, so wahr ich Mathilde Sonntag heiße. Zwar verlangt der Pate Hahnenberg mit zitterndem Eifer die Feder, und Friedrich will auch sein Wort dazu geben; aber nach August komme ich, wie sich das von selbst versteht. Was Friedrich zu sagen hat, kann ich selber viel besser sagen, und der Pate mag das letzte Wort haben, wie er das erste gehabt hat. *Ich bin an der Reihe, und sie mögen mit der Wärterin unser Fritzchen spazierenführen, damit es derweilen Ruhe im Hause gibt.*

Jawohl hat Herr August seinen Willen, sein Glück und mich bekommen; aber es ist doch wirklich, als ob er seine Lebensgeschichte wie ein Rezept niederschreibe; und ich will mich auch nur ohne weiteres Hals über Kopf in allen Strudel und Spektakel stürzen, um nicht vor aller Aufregung des Bessererzählenkönnens gleich zu Anfang den Faden und die Kontenance zu verlieren.

Also mein Herr Gemahl, anstatt, wie es sich gehörte und wie ich ihm geraten hatte, mit unserer Hochzeit seinen Bericht anzufangen, setzt dieselbe kaltblütig und höchst kühl ans Ende; ich beginne natürlich damit; denn alles andere gibt sich ja denn doch von selbst. Ich fange an, wo ich aufgehört habe.

Wir, das heißt August und ich, heirateten, und der gerührte Moment ging auch vorüber, wie bei den Schwestern Anna und Theodore. Papa und Mama und die übrige Familie hatten uns, jedes nach seiner Art, den Segen dazu gegeben, und wir fingen unsere Haushaltung mit Gottes Hülfe und den besten Vorsätzen, aber wahrhaftig mit wenig barem Gelde an; und Staatsobligationen oder sonst solche Dinge, von welchen man alle Vierteljahr die Coupons schneidet, besaßen wir auch nicht. Wir hatten nur einen wohlhabenden Podagristen und zwei Hypochonder und eine alte Dame mit Magenkrämpfen und einem kranken Pudel, den wir auch behandeln mußten; was sonst noch kam oder uns zu jeder Stunde des Tages und der Nacht rufen ließ, zahlte schlecht oder gar nicht. Es ging etwas hungrig, aber doch höchst vergnüglich in unserm jungen Haushalt zu, und wir gönnten es allen Menschen, die gesund waren und bei gutem Appetit und uns nicht nötig hatten.

Im Hause der Fräulein Weinlich wohnten wir nicht; ich habe ein gutes Herz, doch *das* hätte ich nicht ertragen. Wir zogen – das heißt August auf meinen Wunsch – aus, mit allen Knochen und Skeletten, Fröschen und Wasserschlangen, mit allen getrockneten Suppenkräutern und sonstigen zwischen Löschpapier gelegten offiziösen Pflanzen, mit einer unmenschlichen Menge Bücher, sechs Hemden und einer fast zum Weinen und Lachen kläglichen Garderobe und Ausstattung an Leinenzeug, und mieteten eine hübsche, aber sehr enge Wohnung der Apotheke gegenüber, höchstwahrscheinlich, damit unsere Patienten mit dem feuchten Rezept schleunigst hinüberlaufen könnten und keine kostbare Zeit zu versäumen brauchten.

Aber der Apotheker mißkannte uns und verachtete uns, wie mich die Fräulein Weinlich verachtet hatten. Wir verschrieben sehr wenige und sehr wenig kostspielige Mixturen und konnten deshalb eigentlich gar nicht verlangen, davon so satt zu werden, als es uns doch wünschenswert schien. Unsere Patienten verachteten uns deshalb fast ebensosehr als der städtische Apotheker; wir schmeckten und rochen ihnen längst nicht bitter und scheußlich genug, und die Quantität ließ ebenfalls viel zu wünschen übrig; meine Mama hatte öfters das größeste Mitleid mit uns, und verschiedene Honoratioren meiner lieben Vaterstadt hatten uns während des letzten Vierteljahres unseres Aufenthaltes daselbst im Verdacht, daß wir auf meines Mannes Einmacheglüser reduziert seien und uns von den einmarinierten Schlangen und Fröschen oder sonst aus der Naturgeschichte nährten. Ich hielt es für meine Pflicht, noch zu guter Letzt ein glänzendes Diner zu geben, um diese abscheuliche Verleumdung zu entkräften; aber selbst die Leute, welche sich bei uns satt gegessen hatten, bedauerten nur, unsern Ruin und Hungertod beschleunigt zu haben.

Wir lebten unendlich glücklich in Hohennöthlingen, obgleich wir eine geraume Zeit über die Flitterwochen hinaus dort saßen. Ein Kind, welches sich in der Sofaecke ein Haus aus Kissen gebaut hat, kann sich darin nicht behaglicher fühlen, wie ich mich in meinem Stübchen dem ungehaltenen Apotheker gegenüber fühlte. Und als uns das Schicksal aus unserm warmen Winkel hinauswarf, da blickte ich über die Schulter zurück wie Eva nach der Gartenmauer des Paradieses.

Ich begreife die Männer nicht, oder ich begreife sie vielmehr nur zu gut: der Mund ist ihnen dann durchaus nicht zugewachsen, wenn es sich darum handelt, der Menschheit, der Regierung oder einer armen Frau den Text zu lesen, aber wohl sehr häufig dann, wenn sie uns irgendeine Mitteilung machen sollen über irgend etwas, was *wir* zu wissen wünschen oder was uns zu wissen von Rechts wegen gebührt. Daß mein August mit einer Dame in der Residenz korrespondierte, hatte ich noch vor unserm Verlöbnis in Erfahrung gebracht, und es gehörte, wie ich jetzt wohl gestehen kann, eine Zeitlang zu meinen nächtlichen Beunruhigungen; aber daß die Briefschreiberin Luise Winkler hieß und weshalb sie Briefe schrieb, bekam ich erst nach dem Verlobungstage heraus, und es war sehr gut, daß ich den Stein, welcher mir dann vom Herzen fiel, nicht als Überfracht auf meinem weitern Lebenswege mitzuschleppen brauchte.

Ich konnte nichts dagegen einzuwenden haben, daß der blinde Freund der Schwester seine Briefe diktierte, und je mehr ich die Geschichte Augusts und dadurch auch die Friedrich Winklers in ihren Einzelheiten kennenlernte, desto größern Anteil nahm ich an diesem Verkehr und schloß aus der Ferne, von Hohennöthlingen aus, mit dem guten Kinde, der kleinen Luise in der großen Stadt, ebenfalls einen Freundschaftsbund, welcher richtig mich mit meinem Herrn und Gebieter, mit Sack und Pack, mit allem Transportablen und des Transportierens Werten aus meinem Heimatstädtchen auf die Landstraße nach der Residenz warf.

Es war ein prächtiger Verkehr! Die Männer sprachen von allen höchsten Dingen, die es geben oder nicht geben kann, und unsereins, welches sein Lebtag nicht begreifen kann, daß in der Nacht, wo die Erde auf dem Kopf steht, das nicht Fußboden wird, was am Tage Stubendecke war, und nicht alles kopfüber, kopfunter schießt und die Fliegen, die allein an der Decke gehen können, die Herren der Situation sind – unsereins gab sein Wörtlein dazu vom Wetter und vom Haushalt, von Mitteln gegen das Zahnweh oder der neuen Mode der Krinoline, und wie weit der Mensch sich aufblasen könne, oder dergleichen Dingen, daß die Angelegenheiten doch zuletzt wieder hübsch auf die Erde kamen. Luise schrieb etwas weniger orthographisch als ich; aber sie war auch etwas jünger als ich und keine gelehrte Rektorstochter, und wir verstanden einander ziemlich gut, wenn wir auch dann und wann verschiedner Meinung waren. Es war reizend, und den Fritz gewann ich bald so lieb, wie ihn August hatte; – wir waren ein zufriedenes Vier-Kleeblatt, und jedes in seiner Art schien sein Teil vom Leben bekommen zu haben und es sich daran genügen zu lassen. Daß aber über der sonnigsten Wiese das Gewitter schneller aufsteigen kann, als man sich einbildet, sollten wir baldigst erfahren.

Zwei Jahre waren wir verheiratet gewesen; zwei glückliche Jahre hatten wir mit den Geschwistern in der großen Stadt korrespondiert und kaum an den Paten Hahnenberg und gar nicht an den Herrn Agenten Karl Pinnemann gedacht, als plötzlich die Wolken hinter den Bergen aufstiegen, die Schatten über das Grün, die Ringel-und die Sternblumen liefen und der Herr Agent und der Herr Pate, der eine dick, der andere dünn, ebenfalls am Horizont aufgegangen waren und mit einemmal wie zwei Vogelscheuchen in unserm hübschen Lebensgarten standen; – der Pate wird es mir nicht übelnehmen, daß ich ihn hier so ohne Komplimente behandle.

Allmählich hatte sich die Farbe der Briefe, welche wir aus der Residenz bekamen, verändert; die bösen Schatten liefen zuerst über die Blätter, welche die Geschwister uns sendeten, und es gehörte bald kein scharfes Auge dazu, um zu erkennen, daß nicht alles in der Ordnung sei. Friedrich diktierte anders, und Luise schrieb anders, und wenn sie einmal versuchte, den früheren Ton anzuschlagen, so kam es falsch und kläglich heraus, und als Christoffel den oder das Christoffel, das billige Polterabendsilber, erfunden hatte, da wußte ich, womit ich die nachgemachte Fröhlichkeit vergleichen konnte, meldete es der unbekannten Freundin und glaubte es nicht, als das dumme Ding zurückschrieb, sie begreife uns nicht, es habe sich nichts verändert. Mit welch schwerem Herzen die kleine Sünderin das uns glaubhaft machen wollte, sollte mir bald klarwerden.

Eines Tages kam ein Brief in einer Handschrift, Rechtschreibung und wunderbaren Versiegelung, welche weder August noch ich kennen und begreifen konnten. Das stürzte den Kasten um, und – hier ist das Schreiben, dessen Orthographie ich aber als deutsches Frauenzimmer der schändlichen Verleumdung wegen verbessert habe.

»Lieber Freund!

Vielleicht erinnerst Du Dich eines einarmigen Invaliden, welcher sich täglich mit seiner Drehorgel neben dem kleinen See und der Bildsäule der Flora aufstellt und durch sein Instrument und vorzüglich die Melodie ›Wir winden dir den Jungfernkranz‹ das Publikum an die Schlachten bei Leipzig und Waterloo und die Soldaten, welche daselbst kämpften, erinnert. Der Alte ist mein Freund durch seine Musik geworden; er kann schreiben, wenn auch mit Mühe, und ich sage ihm diesen Brief in die Feder. Es ist eine schwere Arbeit, aber mein Herz ist noch viel schwerer; ich bin hilfloser als ein Kind und weiß mir nicht zu helfen. Wir sitzen in einem Branntweinkeller, wohin mich Bruns, mein Invalide, geführt hat, und es hat große Mühe gekostet, einen Bogen Papier und ein Dintenfaß zu dem traurigen Werk zu bekommen; – ach August, August, ich greife nach allen Seiten und finde nichts; jetzt erst erfahre ich, daß ich blind bin und was das bedeutet. O es ist entsetzlich, keine Augen zu haben, blind *geboren* zu sein! – Ich war so zufrieden, ja, so glücklich, ich konnte von allen Göttern träumen, und nun – nun hänge ich mit der Welt nur durch Bruns und seine Drehorgel und den Dunst dieser Höhle, in welche ich mich hinabschleppen mußte, zusammen. O lieber Freund, es hat sich so vieles hier zum Schlimmsten verändert, und ich bin ohne Waffen. Wenn Du kannst, so komm, und wär es nur auf einen einzigen Tag, um mir zu raten und zu helfen. Meine Schwester wird unglücklicher, als es auszusagen ist, wenn wir uns selber überlassen bleiben, und ein anderer, den ich hier nicht nennen will, ebenfalls, trotzdem daß er so gute, scharfe Augen hat, so klug, so weltkundig und gelehrt ist. Ein Mensch, den auch Du von der bösesten Seite kennenlerntest, hat unser Leben, unser Wohl und Wehe, meiner Schwester Zukunft und Glück in seinen Händen; er ist erbarmungslos und weiß seinen Willen durchzusetzen; er kroch lange im Verborgenen, aber nun ist er stark geworden und reich und spielt sein Spiel aus. Komm, Freund, und rette uns!

Friedrich

(Und Bruns hat's als schriftgelehrter
Unteroffizier aufgesetzet.)«

Das war mir denn doch ein wenig zu arg, und August sagte: »Es ist Pinnemann! Er spricht von Pinnemann und dem Vormund, da ist kein Zweifel dran, und reisen muß ich, reisen muß ich!«
»Natürlich!« sagte ich, und ehe wir zu Bett gingen, zählten wir unsere Barschaft nach und berechneten unsere Außenstände, wobei wir in Betracht der Sicherheit der letztern öfters ganz verschiedener Meinung waren; denn August ist darin viel sanguinischer als ich, obgleich er noch mehr als ich erfahren hat, daß auf die Menschheit nicht einmal in Geldsachen ein Verlaß ist.
Gut, wir rechneten, und da wir die Überzeugung hatten, daß wir das Unsrige tun müßten, selbst wenn wir es nicht könnten, so gewannen wir auch bald die Überzeugung, daß die Moneten dazu noch ausreichten, und ich fing sogleich an, in Gedanken zu packen. Am folgenden Tage übernahm ein gutmütiger Kollege unsere Praxis und trug leicht an der Last; am zweiten Tage nach Empfang des Briefes, morgens um siebenundeinhalb Uhr, war ich zum erstenmal zu einer jungen betrübten Strohwitwe geworden, welcher von allen Vergnügungen des Daseins nichts weiter übriggeblieben war, als nach dem notdürftigsten Versiegen der Trennungstränen erst die Wohnung von hinten und vorn zu scheuern, dann die große Wäsche anzustellen und zuletzt matt, weich und wehmütig bei den Eltern Trost und Schutz zu suchen.

Da saß ich wieder am Fenster wie sonst in meinen Mädchenjahren und hatte die Fräulein Weinlich gegenüber wie sonst, und es war doch noch gar so lange nicht her, daß ich hier als ein sehr vergnügtes Mädchen saß; aber nun war eigentlich nichts mehr wie sonst. Ich hatte jetzt soviel zu denken, und auch das war ein Unterschied gegen frühere Zeiten, wo man sich eigentlich doch nur einbildete, daß man etwas zu denken habe. Ich hatte den Schatz in meinen Gedanken überallhin zu verfolgen; es war mir immer, als müsse er ohne meine Begleitung in tausend Schrecknisse geraten; ich war so sehr der Meinung, daß er sich nicht mehr ohne mich zu helfen und zu raten wisse, daß ich zuletzt selber völlig ratlos und hülflos darüber wurde. Der Postbote, welcher jeden Tag dreimal vor dem Fenster vorüberhumpelte, ohne mir einen Brief zu bringen, wurde ebenfalls zu einer Qual und einem Ärgernis, und ich habe ihm viele stille Grobheiten abzubitten.

Wenn ich am Abend in mein eigenes ödes Hauswesen heimkehren mußte, hatte ich große Lust, mich zu fürchten, und der Gedanke an die Fräulein Weinlich hatte alle Macht verloren; ihretwegen tänzelte ich wahrhaftig nicht mehr lächelnd über die Gasse, sondern schlich, wie es mir in solchen betrübten Zuständen zukam. Daß ich Lottchen zur Gesellschaft mit hinübernahm, half mir höchstens über eine weinerliche Viertelstunde weg. Das Kind hielt sich abends nicht gern mit dem Kinderskelett in einer und derselben Stube auf, es trieb mich zu Bett, und sobald wir in den Federn waren, schlief es ein und überließ mich meinen wachen Gedanken. Wäre ich eine reiche Frau gewesen, so hätte ich dem Briefträger ganz gewiß einen Taler gegeben, als er mir das von August versprochene Schreiben endlich – endlich brachte.

Es war ganz wie ein Liebesbrief. Das heißt die Freude; denn der Brief selbst klang kläglich genug, und etwas Rechtes und Ausführliches erfuhr ich doch nicht daraus, sondern nur allgemeine Betrachtungen über die Plage und Not des Weltlaufs. Dessenungeachtet aber hatte mein Herr Doktor niemals ein besseres Rezept gegen die Migräne verschrieben. Drei Tage nach dem Brief kam der Schreiber gottlob selbst; auch er hatte erfahren, daß es für einen verheirateten Mann nicht gut sei, allein in der Welt umherzufahren, und die Nachricht, daß er die Geschichte in der Residenz nicht in das rechte Geleise bringen könne, brachte er auch mit.

»Es gehört eine Frauenzimmerhand dazu; mit dem Verstand ist da nichts auszurichten, denn es handelt sich um ein Frauenzimmer«, sagte er, und ich sagte:

»Gehorsamste Dienerin!«

Natürlich war Pinnemann die dicke, abscheuliche Spinne, welche ihr Netz nach den Fliegen und Mücken in der tollen, großen Stadt ausgespannt und richtig alle miteinander – den klugen Brummer, den Herrn Paten Hahnenberg, nicht ausgeschlossen – am Kragen genommen hatte. Mit hundert Fäden hatte er sie umsponnen und war soeben im Begriff, sie in aller Behaglichkeit auszusaugen; es handelte sich nur darum, ob ich nicht wenigstens für Fritz und Luise Winkler noch früh genug kam, um mit dem Kehrbesen das Vergnügen zu stören. Wie das Ungeheuer sein Netz zustande gebracht und die dummen, unvorsichtigen Dinger gefangen hatte, das setze ich am besten auseinander, wenn ich erst an Ort und Stelle, das heißt in der Stadt bin und mein Hauswesen ein wenig in Ordnung gebracht habe. Ich bin durchaus nicht verpflichtet, der Schnur nach zu erzählen, und ein Rezept schreibe ich auch nicht. –

Es war zu Hohennöthlingen ein neuer Kriegsrat nötig geworden, aber diesmal ein weit ernsterer. Es handelte sich plötzlich darum, zu erfahren, ob meine Wurzeln im Hohennöthlinger Boden so fest hingen, daß dem, der versuchen würde, mich herauszuziehen, Blätter und Stengel in der Hand blieben, das übrige aber in der Erde, oder ob ich mich leicht verpflanzen lassen und auch in einem andern, fremden Erdreich fortkommen werde. Das konnte einem wohl durch alle Knochen gehen und das Blut im vollen Galopp durch die Adern treiben! Es schnürte mir die Kehle arg zu, und während einiger Momente versuchte ich vergeblich, mir nach gewohnter Art meine Meinung zu bilden: als ich letztere in Sicherheit gebracht hatte, war auch alles übrige in Ordnung.

Es geniert mich als Doktorsfrau gar nicht im mindesten, niederzuschreiben, daß mein August ein halbes Jahr vor dem Briefe Friedrichs ein schönes gelehrtes Buch über die Eingeweidewürmer der Menschen geschrieben und in Druck gegeben hatte und daß die Gelehrten ihm, das heißt dem Buch, obgleich meine Freundinnen nichts darauf gaben, mit offenen Armen entge-gengekommen waren. Wir hatten uns um die Menschheit unbeschreiblich verdient gemacht und einen neuen Wurm entdeckt, und wenngleich alle Hohennöthlinger der festen Überzeu-gung waren, daß man bereits an den früheren genug hatte, so war er doch eine große Ehre für uns, und getauft war er auch und hieß:

Coprosaurus Sonntagianus,

ein Name, welchen ich nicht aus dem Kopfe niederschreibe, welchen August mir niemals hat ins Deutsche übersetzen wollen, welcher uns aber unsterblich machte, wie die Gelehrten sagten.

Nun hatte mein August zugleich mit seinen betrübten Nachrichten aus der Residenz die freudige Botschaft mitgebracht, daß sein Buch und sein Wurm ihren Weg und unsern Weg mitmachten und daß wir, wenn wir den Einsatz nicht scheuten, zugleich mit einem guten Werke unser Glück gründen könnten. Nahrhaftes verloren wir in Hohennöthlingen nicht, son-dern nur unsere lieben Eltern, Freunde und Erinnerungen, und es war deshalb durchaus nicht verwunderlich, daß nach einigen bedenklichen Tagen die Pflicht und der Ehrgeiz ihre Sache gewonnen hatten.

»August«, sprach ich wie jene Römerin, welche ihrem Sohne den Schild gab und sagte: Ent-weder mit ihm oder ohne ihn! »August«, sprach ich, »ich verabscheue diesen Herrn Pinnemann viel zu sehr, um nicht mit tausend Freuden all mein Hab und Gut dranzusetzen, ihn zu blamie-ren. Und ich liebe dich viel zu sehr, August, um dich nicht sehr gern als Medizinalrat, Sani-tätsrat oder gar als etwas Geheimes zu sehen; so schwer es mir in mancher Beziehung werden wird, ich werde dir folgen, wohin du gehst, denn ich habe es bei der Trauung nicht nur dem Pastor, sondern auch mir selber versprochen, und auf das letztere kannst du dich verlassen, das weißt du. Ein bißchen von dem Glanz des Sonntagianus wird ja immer auch auf mich fallen; also – in Gottes Namen, laß uns auswandern – meine Mutter meint auch, es wäre gut und sie würde sich schon dareinfinden.«

August seufzte dreimal sehr schwer in sein Kopfkissen hinein und stammelte höchstwahr-scheinlich etwas von »aufopferndem Engel« oder dergleichen, bis er plötzlich mit der Faust auf die Bettdecke schlug und schnarrte:

»Der Halunke! O der infame Halunke!«

Das galt dem armen, guten Lamm Pinnemann, und nachher versanken wir abermals in ei-nen unruhigen Schlaf, wie nach dem Empfang des Invaliden-Briefes. Am andern Morgen aber erwachte ich mit der konfusen Idee, etwas sehr Schreckliches oder Albernes am vergangenen Abend begangen zu haben, ungefähr mit demselben Gefühl, welches ich vor Jahren beim Erwa-chen hatte, als ich mich erinnerte, auf dem Ball meinem Tänzer ins Gesicht gesagt zu haben, er sei ein Hanswurst, und er mir darauf eine lächerliche Szene vor allen Menschen gemacht hatte.

Der Geheime Medizinalrat neben mir schnarchte noch eine geraume Zeit weiter, als ich schon längst fest in dem Gedanken saß, daß wir eigentlich gar nicht mehr nach Hohennöthlingen ge-hörten und daß die Hohennöthlinger Spatzen uns nur aus gutem Willen und reiner Gefälligkeit ansangen wie sonst und daß die Hohennöthlinger Morgensonne ebenfalls nur aus purem guten Willen und in alter Anhänglichkeit um die Vorhänge herum uns wie gewöhnlich einen guten Morgen wünschte.

Diese Vorstellung trieb mich mit einem Sprung aus dem Bett, wovon der Wirkliche Geheime erwachte, nachdem er noch einmal im Halbschlaf griechisch oder lateinisch aus seinem Buch gesprochen hatte. Er rieb sich die Augen, richtete sich langsam auf und sagte mit kläglicher Stimme:

»Ach du lieber Gott, da sind wir wieder in allen Nöten des Tages!«

»Wir wollen schon hindurchkommen«, sagte ich.

Am Kaffeetisch spannen wir den Faden, welchen wir am vorigen Abend aus übergroßer Mü-digkeit abgebrochen hatten, mit mehr Bedacht weiter, und am Nachmittag gingen wir zu unsern Eltern, um sie, wie es sich von selbst verstand, kindlich an unseren Verwirrungen teilnehmen zu lassen. Aber wir hätten dadurch, daß wir die gute Mama nunmehr ernstlich um ihre Meinung fragten, die Verwirrung beinahe noch viel größer gemacht. Trotzdem daß sie bereits zwei Töchter in die Welt geschickt und auch mir, wie ich oben schon gesagt habe, nichts in den Weg legen wollte, so zeigte es sich jetzt sehr klar, daß sie im Grunde des Herzens ein gewaltiges Grauen vor der großen Stadt hatte und sie zum allerwenigsten für ein neues Sodom und Gomorra hielt, wo sie sich ihr Kind durchaus nicht als »glücklich verheiratet« vorstellen konnte. Der Vater, welcher weiter in der Welt umhergekommen war, nahm die Sache ruhiger und blies nur etwas dickere Rauchwolken von sich. Die Aussicht, dermaleinst meinen zukünftigen Obersanitätsrat in der großen Stadt in guten Umständen besuchen zu können und die große Bibliothek und tausend berühmte philosophische Gelehrte, welche ich nicht kannte, von Angesicht zu Angesicht zu sehen, hatte viel Verlockendes für ihn, obgleich ihm niemand die »guten Umstände« garantieren konnte.

Es war ein bewegter Nachmittag; aber es fand sich wie gewöhnlich, daß sich gegen das Unvermeidliche schlecht anspringen läßt und daß ein neues Geschick einen oft über Nacht überfallen hat, ohne daß man recht weiß, wie es zugegangen ist. Am folgenden Tage war unsere Übersiedelung nach der Residenz eine festbeschlossene Sache, und es handelte sich nur noch darum, die nötigen Gelder zum Umzug und zur ersten Einrichtung zusammenzubringen; und dazu galt es Eile, wenn unsere Auswanderung der närrischen Luise, dem armen Fritz, dem biedern Paten Hahnenberg und dem – Herrn Agenten Pinnemann zugute kommen sollte. Ich habe schon manchen Strauß mit der Welt ausgefochten, und in der Hoffnung, daß die Residenzler mehr Vertrauen zu der Kunst und Geschicklichkeit meines Augusts beweisen würden als die Hohennöthlinger, ließ ich's auch auf dieses ankommen. Resolut liefen wir umher bei Juden und Christen. Ich gab meine halbe Aussteuer daran und August seine halbe Bibliothek, für welche letztere jedoch die Hohennöthlinger nicht viel gaben. Aber der Apotheker zeigte sich als ein Charakter, wenn er nicht, was ich doch nicht glauben will, die üble Einwirkung der wohlfeilen Rezeptierung meines Augusts auf die übrigen Ärzte fürchtete und ihn mit guter Manier los sein wollte – er lieh uns zweihundert Taler. Wir waren, nachdem auch mein armer Papa das Seinige an uns getan hatte, viel früher marschfertig, als wir es vermutet hatten, und konnten unsere Abschiedsbesuche machen. An eine hölzerne Marmorsäule lehnte ich mich nicht in sentimentalischer Stellung, wenngleich die Photographie schon längst auch nach Hohennöthlingen gedrungen war. Ich kam billiger und bequemer und unaffektierter dadurch ab, daß ich den Vers: Rosen blühn und welken, aber unsere Freundschaft und so weiter in zwanzig Stammbücher und sogar in die der beiden Fräulein Weinlich schrieb; ich hatte eben ein gutes Herz, wie es der Pate Hahnenberg ja auch zu haben behauptet.

Der große betrübte Morgen, an welchem ich von meinem Geburtsstädtchen und von meinem Vaterhause Abschied nehmen sollte, um ein neues, ungewisses Leben anzufangen, war ebenfalls da, sozusagen ohne vorher anzuklopfen! Eines Morgens sollten wir um neun Uhr abfahren; es war, als wenn ein Urteil gesprochen sei.

Um vier Uhr bereits war ich mit August aus den Federn und lief zu guter Letzt noch einmal durch und um das schlafende Städtchen.

Ach, es war so wunderlich, so weinerlich, daß alle diese bekannten Häuser, Fenster, Türen und Pfosten, alle die Bäume, Gartenmauern, Wasserflächen und Wegweiser ruhig an ihrer behaglichen Stelle bleiben durften, während ich, welche doch, wie ich jetzt genau merkte, sie ganz zu mir gerechnet hatte, ohne Gnade hinausmußte, wer weiß, wohin, und wer weiß, wozu!

Es war ein dunkler, warmer Sommermorgen, und es hatte um Mitternacht ein leises Gewitterschauer gegeben; es war solch ein Duft von Blättern und frischem Heu, es lag alles in der Dämmerung so grau und warm eingewickelt, so schattenhaft da – so fremd und fern und doch so nah und bekannt; ich hätte alles küssen mögen und wurde zuletzt so weichmütig, daß es ein Verdruß war. Nachdem wir unsern letzten Gang durch die Heimat beendet hatten, erwarteten wir still auf der grünen Bank vor dem Rektorhause die Sonne, das Erwachen der Eltern und Geschwister; und auch dieses stille Stündchen vor dem letzten Lärm gehörte mit zum Abschied.

Punkt neun Uhr fuhren wir unserm Programm gemäß ab, und ich glaube, daß ich mich für ein dummes Ding, welches noch nicht drei Meilen über die Vaterstadt hinausgekommen war und noch die Tränen der Scheidestunde zu verwinden hatte, den Gefahren und Aufregungen des Weges sowie den groben Kondukteuren und überspaßhaften Mitpassagieren der gelben Kutsche merkwürdig gut gewachsen zeigte. Zuletzt fand es sich, daß ich mir den Weg nach der großen Stadt, obgleich wir mit der Eisenbahn erst am andern Morgen anlangten, viel länger und unangenehmer vorgestellt hatte, als er in Wirklichkeit war. Im Grunde brauchte man vom Rektorhaus in Hohennöthlingen an bis zum Ende der Reise nur stillzusitzen und die Räder um ihre Achse sich drehen zu lassen. Das Schlimmste bei der ganzen Geschichte war das Ankommen, und das war denn aber auch sehr schlimm; – da schienen wirklich alle Unbehaglichkeiten in *ein* Bukett zusammengebunden zu sein.

Noch heute, wo ich über meinen Fenstergarten hinaus gelassen in das Gewirr blicke, kann ich mich kaum eines leisen Schauders erwehren, wenn ich an jenen frühen Morgen unserer Ankunft in der Hauptstadt denke. Es war so früh und so grau wie am Tage vorher in und um Hohennöthlingen; aber es war ein anderes Grau, und die Welt schien hier wirklich nicht wie dort wie ein Kind in der Wiege zu liegen; – es roch nach Steinkohlen, und es stand angeschlagen, man möge sich vor Taschendieben hüten; – die ärgerlichen, hastigen Menschen zertraten einem die Füße, die Polizei vigilierte auf Spitzbuben und politische Verbrecher, und hohe, kahle Mauern, von trüben Laternen beleuchtet, sahen hoch herab. Um Hohennöthlingen lag der Sommerregen auf den Büschen, leise und halb im Traum quakten die Frösche, die Kirchenuhr schlug auch halb wie im Traum, und in den Gassen hatten die Häuser mit den schlafenden Bewohnern nicht einen Hauch von Unbehagen oder gar Drohung. In Hohennöthlingen saß auf der Bank neben der Tür unter der Laube eines der Häuser gravitätisch eine zerzauste Kinderpuppe, welche ein Kind am Abend vergessen hatte, und daneben lag das ebenfalls vergessene Strickzeug der Mutter. Der Nachtwächter hatte beides mit dem ganzen übrigen Städtlein aufs beste bewacht, und an beides mußte ich denken, als ich aus dem Waggon gerissen war und fröstelnd im stoßenden Gedränge stand. Es ist mein Stolz, keine Nerven zu haben; aber das, was mein Herr und Gebieter »Gasdunst« nannte, fiel mir doch auf die Nerven. Ich leugne gar nicht, daß ich als unverfälschtes Naturkind und Hohennöthlinger Provinzialpflanze dem Weinen näher war als dem Lachen und daß es nicht vom Grunde des Herzens kam, als ich alle meine moralischen und körperlichen Kräfte zusammenfaßte und sagte:

»Nur durch!«

An der Polizeimannschaft mit den mißtrauischen Blicken und den beiden Reihen Füsiliere mit den geladenen Flinten kamen wir auch glücklich vorbei, und dann standen wir vor der Eisenbahnhalle, wo uns aus der Ferne wieder hohe, kahle Mauern anstarrten, als ob mein liebes kleines Hohennöthlingen, der Wald hinter der Stadt, der Garten hinter unserm Hause und das alte Rektorhaus selbst, niemals in der Welt gewesen wären. Als ich in der Droschke saß, biß ich die Zähne aufeinander und summte zwischen ihnen durch: »Freut euch des Lebens, weil noch das Lämpchen glüht« – und August sah dabei so kläglich auf mich, daß ich zuletzt doch in ein helles Lachen ausbrechen mußte.

»Hussa, mein Schatz!« rief ich, »es ist uns bis jetzt doch so ziemlich gut ergangen; wir wollen die Köpfe nicht hängen lassen, wir wollen auf unser Glück und unser Würmerbuch bauen und der argen Welt ein Schnippchen schlagen – vivat der Pate Hahnenberg!«

»Ich hoffe auch, daß es immer besser gehen wird«, sagte August und fügte belehrend hinzu: »Also dieses Ding, diesen rumpelnden, klebrigen Kasten, in welchem wir sitzen, nennt man Droschke. Wir fahren jetzt nach dem Gasthof und schlafen aus; hoffentlich wird ein schöner Tag aus jenem hellen Streifen, welcher dort über die Dächer blickt, da wird sich das Leben wieder anmutiger ansehen lassen; freilich auf manches Abenteuer werden wir uns gefaßt machen müssen.«

»Pflücket die Rose, eh sie verblüht«, sang ich im Stillen, und wir rasselten vor das Hotel, wo ich wirklich noch in einen tüchtigen Schlaf verfiel.

Als ich wieder erwachte, war Augusts Prophezeiung merkwürdigerweise eingetroffen. Die Sonne stand lustig glänzend am Himmel, und Wagen und Rosse, Verkäufer von Lebensbedürfnissen, Käufer von alten Kleidern, Trommeln, Glocken und Drehorgeln duldeten es nicht, daß ich den Traum von Hohennöthlingen weiterspann. Es galt, die Augen so weit als möglich zu öffnen und sich weder von seinen Erinnerungen, seinen Gefühlen oder gar den witzigen, abgefeimten Residenzlern Sand hineinwerfen zu lassen.

»Douce mais sauvage!« sprach ich mit meinem Fingerhut.

»Jetzt haben wir zuerst eine Wohnung zu suchen, und zwar zwischen der Sophienkirche und dem Stadtgericht, nicht zu weit von Fritz und Luise und nicht zu weit von Hahnenberg und Pinnemann. Die guten Geister der Zukunft mögen walten; wir aber wollen das Unsrige tun, Mathilde!« sprach August.

»Das wollen wir, mein Herz; wenn es mir nur nicht augenblicklich so unmöglich schiene, daß ich jemals wieder zwischen meinen eigenen vier Wänden sitzen werde! Und was unsere Kisten und Kasten draußen auf der Eisenbahn betrifft, ach du liebster Himmel, ich glaube, wir geben sie nur gleich verloren und fangen mit meiner Hutschachtel und deinem Reisesack ganz von neuem unsere Wirtschaft an.«

August beruhigte mich über diesen Punkt, so gut es ihm möglich war, und ich suchte Vernunft anzunehmen. Ich machte auch Toilette, um den Residenzbewohnern zu zeigen, daß man in der Provinz doch nicht so sehr zurück sei, als man sich einbildet, und mein Geheimer Obermedizinalrat fand mich allerliebst. Ich klammerte mich an seinen Arm mit dem festen Entschluß, alles über mich mit Gleichmut ergehen zu lassen, und wir zogen aus.

Anfangs wurde mir sehr schwindlig und konfus im Gedränge und Spektakel, und so viele, so hohe, so steile und dunkle Treppen hatte ich auch noch nicht in einem Tage ersteigen müssen. So manche tolle, wunderliche Leute und Wirtschaften hatte ich noch nicht erblickt; und daß eine rechtschaffene Hausfrau ohne Speisekammer zurechtkommen könne, hatte ich bis jetzt nicht für möglich gehalten.

Aber ganz gemach überkam mich eine possierliche Verwandlung; nachdem die erste Verwirrung überwunden war, ward eine wahre Komödie aus diesem ersten Tage meines hauptstädtischen Lebens, und obgleich wir schon ein jahrealtes Ehepaar waren, so ward fast eine neue Auflage der Flitterwochen draus! Die große Stadt fing an, trotz allem und allein mir sehr, ja recht sehr zu gefallen; und nachdem ich die Gedanken an die Zukunft für jetzt aus dem Sinn losgeworden war, zog ich einher, auf Abenteuer aus, als ob ich niemals ein Wirtschaftsbuch geführt und am Kochherd gestanden habe. Ich sah mit Behagen in den Guckkasten, ich amüsierte mich königlich und wie ein Kind, und August hielt lustig mit.

Noch niemals wurde ein Hauswesen so Hals über Kopf eingerichtet; meine Mutter hätte die Hände über dem Kopfe zusammengeschlagen; aber ich war wie einer von den griechischen Philosophen, den Epikuristen, oder wie es heißen mag: ich begnügte mich mit wenigem und war zufrieden mit dem, was ich bekam. Wir hatten ja einen großen Zweck, wenn wir ihn auch für den Augenblick aus den Augen setzten, und so liefen wir gaffend – das heißt, ich gaffte und August erklärte – in den Straßen, Theatern, Bildergalerien, naturhistorischen und sonst historischen Museen umher, aßen aus der Hand und sahen und hörten alles, was zu sehen und zu hören war und was nicht über unsern Geldbeutel hinausging. Lange Zeit hätte ich es freilich nicht ausgehalten.

Und unser aus Hohennöthlingen mitgebrachter Hausrat nahm sich so drollig aus in der neuen Umgebung! Ich hatte gejammert, daß es so wenig sei; aber es war immer noch viel zuviel für die Räume, über welche wir jetzt zu gebieten hatten. Eine Stunde in meiner neuen Wirtschaft würde meine Mama in Tränen zerfließend in den Winkel gesetzt haben.

Zweierlei überwand ich am letzten und schwersten.

Erstens die Vorstellung, in dem menschenvollen Hause, in das uns das Schicksal verschlagen hatte, nächtlicherweile gestohlen, bestohlen oder gar meiner Ohrringe und Augusts Uhr wegen schauderhaft ermordet zu werden. Es war vorgekommen und gar nicht darüber zu spaßen.

Zweitens die vielen Doktorwagen, welche bereits in den Gassen umherrollten und welche mein Gemahl, wie es schien, aus Instinkt kannte. Wie sollten wir beiden armen, zu Fuß gehenden Praktikanten diesen hochrollenden Glücklichen mit den goldenen Stockknöpfen und weißen Westen den Rang ablaufen? Die Fabel vom jungen Kater, der zum erstenmal aufs Mausen ausging und der Eule und dem Wiesel begegnete und welchen doch die Praxis »dick und fett« machte, konnte mir nur einen kümmerlichen Trost gewähren.

Hätte ich gewußt, daß es *so viele* Ärzte in der Hauptstadt gäbe, ich würde mich trotz unseres berühmten Wurmbuches doch noch ein wenig mehr bedacht haben, ehe ich den Sperling aus der Hand fliegen ließ; aber nun ließ sich nichts mehr daran ändern, und wenn es auch fraglich war, ob wir die Taube vom Dache bekommen würden, so stiegen wir doch am vierten Tage nach unserer Ankunft in der Residenz die Treppe zur Wohnung Friedrichs und Luises hinauf, indem ich mir den Herrn Paten Hahnenberg für mein spezielles Vergnügen und auf eine gelegnere Zeit versparte.

Mir standen, ganz gegen meine Natur, die Tränen in den Augen. Wir hörten die Geige des blinden Freundes aus der Höhe, und ihr Klang allein hätte mich den rechten Weg zu der rechten Tür geleitet!

Augusts Hand faßte meine Hand fester; wir klopften an die Pforte unseres besten Freundes; noch einen Augenblick, und ich stand vor dem Manne, welcher meinen Gatten für mich gerettet hatte und welchem *ich* jetzt Rettung bringen sollte. Das Spiel brach ab; August hatte seine Hand mir entzogen und streckte sie Friedrich entgegen, als ob dieser sehen könne. Und es war auch, als sehe der Blinde; er erhob sich von seinem Sitze mit einem Ausruf, er lag in den Armen meines Mannes, und ich stand daneben, ohne etwas dazu oder davon weg tun zu können. Luise war nicht zugegen, was mir für den Augenblick ebenfalls nicht unlieb war.

Ich hatte mir ein schönes, wenn auch trauriges Bild von dem Freunde nach der Beschreibung Augusts gemacht; aber nun war alles doch ganz anders und viel schöner und edler. Eine solche Stirn mußte wohl viel von der Welt wissen, wenn sie auch nichts davon gesehen hatte!

»Da bist du! Da bist du wieder! O ich wußte es wohl!« rief Fritz Winkler.

»Und ich habe dir noch jemand mitgebracht; – ich bringe dir meine Frau – gib ihr deine Hand – da!«

Der Blinde wendete sich auch gegen mich, obgleich er nicht sehen konnte; und ich brauchte mir zu dem, was ich jetzt tat, nicht im geringsten ein Herz zu fassen – ich nahm ihn beim Kragen und gab ihm einen herzlichen Kuß.

»So, mein Bester; – wir sind alte Freunde und wollen weiter keine Umstände machen. Gott segne Sie, Liebster! Und wo steckt denn unsere Luise?«

Friedrich hielt meine Hand und streichelte sie, das sah aus, als ob er etwas sagen wolle; August aber rief:

»Nur zu, Alter! Sie wird nichts dagegen haben; ihr Lärvchen verträgt schon eine Untersuchung; gib ihr einen Nasenstüber, wenn du fertig bist.«

Ich hatte nichts dagegen. Friedrich Winkler strich mir mit leiser Hand über Stirn, Wangen und Kinn, und dann – kannte er mich, als habe er mich durch eine Brille besehen. Er erfuhr nun auch, daß das Feuer auf unserm Herde brenne, daß wir den besten Willen hatten, der hohen Königlichen Obersanitätsbehörde und einem verehrungswürdigen leidenden Publiko das Beste abzugewinnen, und daß wir vor allen Dingen zu seiner und seiner Schwester Verfügung seien.

»O Frau Doktor –«, fing er an, aber ich unterbrach ihn natürlich.

»Ich heiße nicht Frau Doktor. Ich heiße Mathilde und mache mir eine Ehre draus. Ich habe es schon gesagt, daß wir alte Freunde sind und keine Umstände machen wollen; – was wollten Sie sagen, Fritz?«

»O Frau – Frau Mathilde – erhalten Sie mir meine arme Schwester! Retten Sie meine Luise! Verlassen Sie uns nicht!«

Ich sagte, was mir einfiel; und dann hatte ihm August so viel zu sagen, daß ich Zeit gewann, mich in den Räumen, welche das Geschwisterpaar bewohnte, genauer umzusehen.

Bis in die kleinsten Einzelheiten hatte mir August meine jetzige Umgebung beschrieben; ich kannte den alten Lehnstuhl, in welchen ich mich niedergesetzt hatte, wie den besten Freund; ich kannte den Seehundskoffer in der Ecke und den General Washington über dem Bette; ich kannte den kleinen Tisch und den Geigenkasten; und wie der Lehnstuhl gehörte alles zu meinen guten Bekannten. Nun aber sah ich noch mancherlei, was mir fremdartiger erschien und ich mit einem gewissen Mißtrauen und Widerwillen betrachtete. Wie kam zum Beispiel die trödelhafte, brillante Toilette mit ihren albernen Seifen und Essenzen hierher, wie der rotseidene Domino an den Haken hinter dem Vorhang? Die vier Paare durchgeschleifte weiße Ballschuhe gefielen mir auch wenig, und die beiden schreienden Blumenvasen trugen ebenfalls den Schein eines geschmacklos billigen Geschenkes an sich.

Am Fenster lag ein in roten Saffian gebundenes Buch: Blumauers travestierte Äneide, und vor dem Titel stand in einer flüchtigen Kaufmannsschrift der Name des Besitzers:

Pinnemann.

Ich hatte den Band mit spitzen Fingern aufgenommen und ließ ihn ebenso fallen; dann trat ich in das Kämmerchen Luises, und es war mir, als ob alles, was mir hier wie in dem Wohnzimmer nicht gefiel, ebenfalls die Etikette trug: Pinnemann. Ich fand mehr als einen Gegenstand, um welchen ein gewisses schäbig-generöses Lumpen-Parfüm schwebte, und allmählich überfiel mich das ängstliche Bangen: waren wir doch bereits zu spät gekommen? Der Atem verging mir, und schnell mußte ich von dem Rohrsessel neben dem weißen, reinlichen Bettchen aufspringen, um das Fenster aufzureißen und frische Luft in die Kammer und meine Seele zu lassen. In demselben Augenblick hörte ich, wie August in der Stube jemand laut und auch freundlich begrüßte, und als ich mich umwendete, stand Luise Winkler in der Tat zwischen der Stube und der Kammer – rot und verlegen, sehr hübsch und zierlich und so leichtsinnig lustig, daß es ein Vergnügen und Ärger war. Da stand sie, halb erschrocken-trotzig und halb zum Lachen geneigt, und das seidene Hütchen hing ihr so keck im Nacken – ich konnte wirklich in Zweifel sein, ob ich nicht durch das Umdrehen des alten, widerspenstigen Fenstergriffes das denkbar hübscheste und leichtfertigste Nymphchen und Hexchen auf diese Türschwelle gezaubert habe.

Da stand sie, und ich stand auch da; wir sahen einander an, und es war für beide Teile gleich schwierig, auf der Stelle das erste und zugleich das rechte Wort zu finden. Ich empfand gar keine Lust, dem armen niedlichen Ding einen so warmen Willkommen zu bieten wie dem Bruder. Nur die Hand gab ich dem bunten Stadtschmetterling, nachdem August ihn mir der Form nach vorgestellt hatte; aber unsere persönliche Bekanntschaft war dadurch gemacht, und das war fürs erste genug, und – zu spät waren wir auch noch nicht gekommen, obgleich von Pinnemann bei diesem Besuche noch nicht die Rede war.

Wir nahmen nun die Geschwister mit uns in unsere Wohnung, und ich führte den blinden Freund. In einer Gasse in der Nähe des Stadtgerichtes zeigte mir August das Haus des Notars und Paten Hahnenberg; ein Kabriolett hielt eben vor der Tür, und aus demselben sprang mit ziemlicher Leichtfüßigkeit ein fetter, glänzender, gutkonservierter ältlicher Elegant, welcher uns durch eine Lorgnette einen Augenblick unverschämt genug anstarrte und uns sodann ungemein freundlich und höflich grüßte. Er schien auch Lust zu haben, über die Gasse zu uns hinüberzuhüpfen, aber ein sehr verständlicher Gestus meines Gatten gab dem Dicken eine andere Direktion. Er verschwand in dem Hause des Prokurators, nachdem er der blutroten Luise zärtlich eine Kußhand zugeworfen hatte; – und ich konnte nur eine Faust in der Tasche machen.

Längere Zeit vor unserer Ankunft in der Hauptstadt war der Herr Agent Pinnemann in das Haus des Paten gezogen und hatte sein »Geschäftsbüro« im untern Stockwerk desselben aufgeschlagen! –

In der Abenddämmerung, als wir die Ergebnisse des Tages überschlugen und zurechtzulegen versuchten, sagte ich zu August:

»Mein Herz, ich hätte es in Hohennöthlingen gar nicht für möglich gehalten, daß es so etwas in der Welt geben könne. Ich weiß noch nicht viel; aber ich weiß, daß die arge Welt der kleinen Närrin, deiner Luise, bös mitgespielt hat. Sie hat hübsche Haare, und darin möchte sie gern ein golden Band tragen; sie hat einen Spiegel, und der hat ihr statt des Bruders gesagt, daß sie ganz und gar hübsch sei.

Spiegel blink,
Spiegel blank –

Wer ist die Schönste
In ganz Brabant?

Sie hat auch eine kleine Hand, und die möchte sie gern weiß und zierlich halten wie eine Dame, und ihren netten Fuß möchte sie am liebsten auf weiche, blumige Teppiche setzen. Sie hat viel ausstehen müssen, von Zeit zu Zeit ein wenig Hunger und immer Frühaufstehen und Hemdennähen. Dazu hat sie alles mögliche, Dummes und Kluges durcheinander, gelesen und hat sich mit ihrem armen, tollen, lustigen Sinn sozusagen allein und ohne Hülfe durchschlagen müssen, und ihre Freundin Josephine Becker hat einen sehr reichen, aber ebenfalls etwas ältlichen, fetten und glatzköpfigen Herrn von einer Feuer-und Hagelversicherung geheiratet, und es geht ihr sehr gut, denn sie hat den Feuerversicherungsmann unter dem Pantoffel, und er hat in diesem Sommer mit ihr in ein vornehmes Bad reisen müssen, wo sie die Bekanntschaft von Lords und Baronen gemacht haben, und sie führt ihn umher wie einen frisierten Tanzbären und gibt Abendgesellschaften mit Musik und Tee und berühmten Künstlern. Die Bekanntschaft und Verbindung mit diesem abscheulichen Herrn Pinnemann hat ohne Zweifel ihren ersten Grund in dieser bonne fortune der Freundin; – wäre das arme Kind im Rektorhaus zu Hohennöthlingen aufgewachsen, so würde es wahrscheinlich anders denken. Wir wollen deshalb auch so billig als möglich sein und sie sanft anfassen, den Pinnemann aber desto fester. So – das wäre für heute der Inhalt meines Strickbeutels; nun magst du deine Tasche ausleeren, mein Engel.«

Mein Engel wiegte bedeutsam das Haupt und sagte:
»Liebes Kind, du hast dir den Lebensgang Luisens jedenfalls viel klarer auseinandergelegt als ich mir die Strategeme, durch welche der Agent sich jetzt so vollständig des Paten bemächtigt und sich in sein Haus eingenistet hat. Es ist aber kein Zweifel, der Starke, Selbstbewußte ist in die Hand des Schwachen, Listigen, Schlauen gefallen, welchen er verachtete und nicht besser als ein Werkzeug schätzte, das man fortwirft, wann es einem beliebt. Es ist kein Zweifel, der Notar Hahnenberg ist nicht mehr jener Mann, welcher meinen Vater erniedrigte, indem er ihn vor dem gänzlichen Untergang bewahrte, welcher meine Jugend schreckte und den willenlosen Knaben seinen Weg führen wollte. Der Sklave hat über den Meister gesiegt; das Zauberwort, welches den Besen wieder zum Besen macht, ist vergessen – Pinnemann ist der Herr geworden und August Hahnenberg der Diener. Wie lange ist es her, als der Starke, kluge, scharfsichtige Mann vermeinte, zur rechten Zeit Halt gebieten zu können, wenn er mich in die Hand der Klugheit der Welt, der Gemeinheit des Tages, der lächelnden Gewissenlosigkeit gab? Bei Gott, es liegt eine furchtbare Ironie in dem, was jetzt geworden ist! O Mathilde, Mathilde, wenn es uns gelänge, hier sieghaft durchzugreifen!«

»Wir wollen unser Bestes tun«, sagte ich, und damit hatten wir für den heutigen Tag genug von Pinnemann und Hahnenberg. –

Es ist leider nicht meine Aufgabe, zu berichten, wie wir uns nunmehr immer behaglicher in unserer neuen Existenz einnisteten: wie wir lernten, uns tausendfachen Unannehmlichkeiten gegenüber auf den sublimen Standpunkt lächelnden Hohnes zu erheben; wie wir mit dienenden und herrschenden Geistern siegend oder unterliegend in tausendfachen Konflikt gerieten; wie wir unsere ersten Patienten bekamen; wie uns unser Wurmbuch mit dem Coprosaurus immer berühmter an der Universität und auf der Anatomie machte; wie wir sogar öffentlich eine Rede darüber hielten, in den Zeitungen gelobt wurden und wie ich das Lob aus den Zeitungen schnitt und es dem Papa schickte, damit er sehe, was für einen Schwiegersohn er erwischt habe.

Es ist leider meine Aufgabe, zu erzählen, was mit Luise Winkler, Pinnemann und dem Paten weiter geschah, und so fahre ich gleichmütiger fort; denn ich weiß mich zu bescheiden und kann mich zu gleicher Zeit loben.

Es war wahrhaftig keine Kleinigkeit, dem alten Herrn, dem Paten Hahnenberg, seinen und unsern Standpunkt klarzumachen! Mit Wilmsens »Kinderfreund« und Campes »Väterlichem Rat an meine Tochter« ließ sich aber in betreff Luisens nicht das geringste ausrichten, und es war auch ein Glück, daß ich zum Gouvernantentum nicht tauge, weder eine Brille noch eine spitze Nase und ein dito Kinn trage, daß ich nicht schnupfe und daß meine Lieblingsfarben

Weiß, Rosa und Himmelblau sind. Man richtet mit einem fröhlichen Herzen doch am meisten in dieser trübseligen Welt aus, wenn ich gleich hier wenig ausgerichtet habe.

Das war ein Leiden! Ich bin nicht zum Schwindel geneigt; aber ich gebe mein ehrliches Frauenwort, daß sich oft alles um mich her drehte. Alle Augenblicke wurden meine Hohennöthlinger Begriffe von Verstand, Vernunft, Anstand, Erziehung, Schicklichkeit und Moral über den Haufen geworfen, und ich saß zwischen dem Plunder wie Marius zwischen den Trümmern von Jerusalem oder sonstwo. Solch ein unerzogenes, selbsterzogenes, verzogenes Geschöpf wie diese sehende Schwester des blinden Friedrichs mochte noch in einem zweiten Exemplar von den Gelehrten aufgefunden werden; *ich* hatte an diesem einen genug und über genug.

»O liebste Frau Mathilde, ich könnte ihn so schön an der Nase umherführen! – Ich ihn lieben? O allerliebste Frau Mathilde, wer könnte solch ein dickes, albernes Tier mit falschen Zähnen, falschem Haar und falschem Backenbart lieben? Ich weiß es ja, daß ich entsetzlich bin, daß ich meinen Bruder betrübe und elend mache. Am besten wär's, man ließe mich laufen, und es kümmerte sich keiner um mich; ich bin ja keiner Sorge und Liebe wert, das weiß ich nur zu gut! O Frau Mathilde, ich bin nicht verliebt in ihn; aber er ist so närrisch verliebt in mich, und ich könnte ihn zu allem in der Welt bringen. Er ist solch ein Geck und dünkt sich so weise, weil er den alten Notar gefangen hat. Ich habe aber ihn gefangen, und ich halte ihn fester wie er den Notar. Wahrhaftig, es ist zum Weinen; ich habe für meinen armen blinden Fritz die Lust des Sehens und Fußzappelns mitbekommen; ich habe keine Ruhe im Haus hinter dem Nähzeug und werde ganz gewiß mal recht unglücklich und bin es schon. Ich liebe so sehr die freie Luft, den Sonnenschein, die Landpartien und bals champêtres; es ist zum Weinen; aber ich gehöre auf den Jahrmarkt und nicht in euer stilles Behagen; – ach Frau Mathilde, lassen Sie mich mit meinem wilden Willen laufen, und möge es mir so gut gehen, wie ich es verdiene.«

»Das letztere wollen wir nicht hoffen«, sagte ich und wunderte mich über meine Bereitwilligkeit zu dieser Hoffnung. Zwanzigmal war ich bei solchen Gelegenheiten nahe dran, den Leichtsinn aus der Stube zu schieben und die Tür hinter ihm zu verriegeln; aber dann sah das Ding, wie es neben mir kauerte und seine tollen Gefühle hervorsprudelte, so allerliebst aus, daß ich trotz hellem Ärger und Erbosung meine Ermahnungen, guten Gründe und alles das stets wieder von neuem auskramte.

»O liebe Frau Mathilde, ich weiß, daß es zum Weinen und Verlästern ist; aber ich kann ja nur halb dazu. Eine Mutter habe ich gar nicht gehabt, denn sie ist gestorben, als ich noch ein ganz kleines Kind war; alle meine guten Lehren habe ich mir selbst geben müssen, denn mein Bruder ist stets so hoch, so hoch über mir gewesen. Ich habe mir selber durch die Welt helfen müssen, und es ist darnach geworden.«

Was sollte man dazu sagen? Man hätte von Rechts wegen selber weinen müssen, wenn die kleine Sünderin nicht im nächsten Augenblick über ein Paar durchgetanzte weiße Ballschuhe von neuem den Verstand verloren und, während ihr noch die Tränen über die Backen liefen, die Nacht beschrieben hätte, in welcher diese Schuhe durchgeschleift wurden. Das Ende vom Lied war immer, daß ich es für ein blaues Wunder zu achten anfing, daß diese unbehütete, feine, hübsche Waise bis jetzt durchs Leben gekommen war, ohne noch viel, viel mehr von Hohennöthlinger Anstandsbegriffen aufgegeben und verloren zu haben; – es wäre wahrhaftig *meine* Aufgabe, zu erzählen, was mit Luise Winkler, Pinnemann und dem Paten Hahnenberg weiter geschah, wenn es sich nur wie Zahlperlen auf einen Faden reihen ließe; und mein Lob sollte allen dummen Sprichwörtern zum Trotz lang genug werden, wenn ich mich und es nicht meiner Pflichten als Gattin und Mutter wegen kurz zusammenfassen müßte. Die Bekanntschaft des Agenten war leicht gemacht, und ich kam bald dazu, ihm meine Meinung zu sagen, wodurch ich freilich meinem Herzen Luft machte, aber weiter nichts erreichte, als daß ich meinen Vorrat an moralischen Salz-und Essiggurken für den Winter, das heißt für meine alten Tage, ganz überflüssigerweise bedeutend vermehrte. Das Ungeheuer war unnahbar höflich und unterworfen, nahm jede Grobheit, welche man ihm sagte, als eine unverdiente Anerkennung seiner Verdienste auf, spielte den Reuigen wie ein satter Iltis und seufzte und grinste mich aus aller

Fasson. Er, Pinnemann, wollte keinem zu nahe treten, er wußte es, wie unwürdig er des in seine Hand gelegten Schatzes sei – er nahm das Herz des Engels, welcher ihm auf seinem düstern Lebensgange grade recht, eben im Augenblick des Abgangs des Extrazuges nach dem Orte der Verzweiflung, in den Weg getreten sei, als ein gnadenvolles Geschenk und Pfand des verzeihenden Himmels; – er, Pinnemann, liebte – liebte grenzenlos – liebte zum erstenmal in seinem Leben, und ich – ich, Mathilde Sonntag, kam kochend nach Hause und setzte mich in den dunkelsten Winkel, um meinen Ärger auszuweinen.

Ich versuchte es noch einmal, das Kind zurechtzuschütteln; ich sagte ihm alles, was mir auf die Zunge kam, aber Luise Winkler antwortete mir einfach: ich sei zu gut für sie, ich kenne das Leben, in welchem sie aufgewachsen sei, nicht, und zu Winters Anfang sei die Hochzeit. August erwies sich als gänzlich unpraktisch, Fritz saß gebrochen in seiner Dunkelheit; – der Feuer- und Hagel-Versicherungsmann kam mit seiner jungen Frau wieder einmal von Baden-Baden zurück; der Himmel schien uns damit aufgegeben zu haben, und – ich versuchte, die Bekanntschaft des Paten Hahnenberg zu machen, machte die reizendste Toilette, fuhr in einer Droschke vor und – kam zu Fuß heim, ohne den liebenswürdigen alten Herrn gesehen zu haben. Pinnemann hatte seine Vorkehrungen gut getroffen, und außer der Überzeugung, daß auch des Paten Haushälterin den Agenten hasse, brachte ich nichts Tröstliches heim.

August zeigte sich immer unpraktischer, je weiter sein Ruf als Arzt und Erfinder des Coprosaurus sich verbreitete, der arme Fritz versank immer tiefer in seine Dunkelheit, Luise war ganz zu den Leuten von der Feuerversicherung übergegangen und lebte mehr mit ihnen als mit uns; der Herbst kam, und wir fanden, daß unser Ruf und Ruhm noch viel schneller laufen müsse, wenn er die Preise des Brennholzes einholen wolle.

Am zweiten November achtzehnhunderteinundsechzig fiel der Spiegel von der Wand, der Porzellanschrank um und die gebratene Gans, nämlich meine kleine Freundin Luise Winkler, in die Kohlen. Die Sache hatte sich auf einmal ganz von selbst gemacht, und es bedurfte kaum noch meines Zutuns, obgleich ich es mir nicht nehmen lasse, daß ohne meine Zutaten doch nichts Rechtes daraus geworden wäre.

An diesem zweiten November achtzehnhunderteinundsechzig fallierten unsere nobeln und eleganten Freunde von der Feuer- und Hagelversicherung und gingen durch; an diesem Tage ging auch Herr Karl Pinnemann durch und nahm des Paten Hahnenberg Brieftasche und unsere Luise mit; an diesem Tage ging ich zum zweitenmal zu dem Herrn Paten und – fand ihn »zu Hause«; an diesem Tage täuschte mich August sehr, er bewährte sich viel praktischer, als ich für möglich gehalten hatte und augenblicklich für wünschenswert hielt: er brachte uns Fräulein Luise Winkler zurück!

Es war gar kein düsterer Novembertag, die Sonne war recht angenehm hell aufgegangen, als wolle sie ihr Teil an den sich drängenden Ereignissen sich nicht verkümmern lassen; von Nebel und Regenwolken war nirgends eine Spur zu erblicken.

Ich war schon längere Zeit nicht ganz wohl gewesen; doch kann ich meinem Sohne Fritz, wenn er zu reiferen Jahren gekommen sein wird, zur Beruhigung mitteilen, daß es nichts Schlimmes zu bedeuten hatte. August, immer liebenswürdig, hatte mich schon seit einigen Monaten mit einer Aufmerksamkeit behandelt, welche ihresgleichen nicht hatte; ich verwunderte mich deshalb um so mehr, als er mich an dem heutigen Tage durch ein außergewöhnlich wildes Hereinstürmen und heftiges Türzuschlagen von meinen Sofapolstern in die Höhe jagte.

Er rief nach seinem Überrock, seinen Überschuhen, nach seinem Regenschirm; wenn Seine Majestät den Schnupfen gekriegt und er, mein Gatte, mit der Aussicht, Königlicher Leibarzt zu werden, zu Hülfe gerufen wäre, hätte die Aufregung nicht größer sein können. Nur ganz beiläufig und zwischendurch erfuhr ich, um was es sich eigentlich handelte, und als ich es erfahren hatte, ließ ich mich in meine Kissen zurücksinken und sagte sehr gefaßt:

»Mein lieber Schatz, *jetzt* ließe ich das dumme Ding laufen; es will's nicht besser haben. Ich werde ihr nicht nachrennen, ich gehe zu Friedrich.«

Wir hatten unsere Rollen gewissermaßen ausgetauscht. Solange das Spiel dauerte und das Mädchen in der Art, wie ich es geschildert habe, mich umflatterte und umtanzte und noch nichts oder doch noch nicht alles verloren war, gebärdete sich August viel unmutsvoller und hoffnungsloser als ich und »begriff mich in meiner Ausdauer und allzu gutmütigen Geduld nicht«. Jetzt aber, wo meiner Meinung nach alles zu Ende war und wo ich nur den armen Bruder wie ein Kind warm in den Mantel hätte nehmen mögen, ließ sich, nach Augusts Meinung, alles noch im letzten Augenblick retten, und alles war gerettet, wenn man noch vor Abgang der Saxonia nach New York in Hamburg anlangte. Ich konnte den Mann meiner Seele nicht halten und ließ ihm deshalb seinen Willen; aber ich hätte in diesem Augenblick wahrhaftig viel darum gegeben, wenn ich ihn hätte zu spät kommen lassen können. Er sauste ab nach Hamburg, und ich kroch zu Friedrich Winkler, und da saßen wir den ganzen langen Tag zusammen und sprachen wenig, und selbst das wenige gereichte uns nicht zum Trost. Das Faktum ließ sich nicht wegstreichen, die gewöhnlichen Gemeinplätze verschlugen nichts, und ich war auch nicht in der Stimmung, mich mit ihnen abzugeben. Dazu würde es aber diesem unglückseligen blinden Manne gegenüber vom allergrößesten Übel gewesen sein, wenn ich meinen Gefühlen in der Art, wie es mir zum Bedürfnis wurde, hätte freien Weg geben wollen, und so arbeitete ich mich allmählich in einen Tumult hinein, welcher mit Ohnmachtsanwandlungen und Lachkrämpfen und wer weiß was noch geendet hätte, wenn ich ihm nicht auf irgendeine passende Weise Luft gemacht hätte.

Je näher der Abend kam, desto unmöglicher wurde es mir, selber so blind, mit solchem Gesumme in den Ohren und im Herzen neben diesem Blinden zu sitzen; – nach Hause konnte ich nicht, denn da würde mir in der Einsamkeit noch übler zumute geworden sein, und ich mußte, mußte jemand haben, gegen den ich mich ausschreien, dem ich nötigenfalls eine Faust unter die Nase halten durfte! Mein zukünftiger Geheimer Medizinalrat würde gewiß einige Besorgnis gezeigt haben, wenn er mich in diesem Zustande gesehen hätte, und da er mich höchstwahrscheinlich am Gebrauch des sichersten niederschlagenden Mittels gehindert hätte, so war's ein Glück, daß er sich augenblicklich auf der Jagd nach der Saxonia und unserer irrenden Ritterin Luise befand. Wäre ich völlig bei Sinnen und Leibeskräften gewesen, so würde ich es auch wohl zweimal bedacht haben, ehe ich diesen Weg ging; aber der Tag und mein Zustand hatten mich in eine Art Rausch versetzt, und ich hätte Tolleres und Närrischeres anstellen können, ohne verpflichtet gewesen zu sein, darüber vor Gericht Rechenschaft ablegen zu müssen. Ich ging in den Gassen wie in den Lüften, wie in einem Traume; – ich ging auf dem Monde spazieren, kurz vor Erdenaufgang; es begegneten mir lauter Mondbewohner; und ich für mein armes Teil war so mondsüchtig, wie man es nur wünschen konnte; es war mehr als ein Wunder, daß ich das Haus des Paten in diesem Gewirbel und Schwindel auffand. Ich fand es, diesmal hielt mich niemand auf, ich sagte dem alten Knaben meine Meinung; *er* hatte ein langes Leben durch auf dem Monde gelebt; jetzt ließ *ich*, Mathilde Sonntag, die Erde vor seinen Augen aufgehen; – er selbst wird sagen, auf welche Art. »Douce mais sauvage« steht auf meinem Fingerhut, und wir tranken zusammen Tee: ich, Fritz Winkler und der Herr Notarius Hahnenberg. –

V
Coprosaurus Sonntagianus

Ich habe im Grunde wenig zu sagen. Die Menschen schleudern die Schuld an ihrem Geschick und dem Schicksal der andern von sich ab und einander entgegen wie einen Federball. Es ist ein altes Spiel; seit vielen tausend Jahren fliegen die Bälle zwischen den Individuen wie zwischen den Völkern; es ist ein Spiel, welches wohl fürs erste nicht zu Ende kommen wird. Der alte Magister wird wohl noch lange, mit der Rute neben sich, schmunzelnd auf den Spielplatz hinabsehen.

Von allen Menschen aber, welche die Erde bewohnen, sollte der mildeste, der gelassenste der Arzt sein, welcher etwas gelernt hat, denn ihm ist vor allem Gelegenheit gegeben, das Zünglein an der Waage zu beobachten und Verhängnis gegen Schuld und umgekehrt parteilos abzuwägen. Ich habe mir alle Mühe gegeben, diese so wünschenswerte Gelassenheit und Herrschaft über die Affekte, welche den Weg, den man zu gehen hat, um so vieles ebener machen, zu erlangen; aber der Augenblick, welcher mir den armen, am frühen Morgen durch seine Finsternis tappenden Fritz mit der Nachricht von der Flucht der Schwester entgegenführte, warf mich doch fürs erste aus aller angebotenen und erworbenen Geduld und Resignation vollständig hinaus. Es ist mir unmöglich, über die nächste Stunde meines Lebens Bericht zu geben, und was es war, welches mich in so schwindelnder Hast der Flüchtigen nachtrieb, würde ebenso schwer zu sagen sein. Von Überlegung, von einem Plan, von einem Gedanken an die Zukunft war nicht die Rede; – der jammergeschlagene Freund meiner Jugend, das unglückliche Mädchen – wahrlich, zuletzt war's nichts als die Gier, den Verführer mit den Fäusten zu schlagen, mit den Zähnen zu fassen, der ganz gemeine Gerechtigkeitstrieb, der sich in der Lust nach Rache kundgibt, welche mich atemlos auf den Schnellzug nach Hamburg warfen. Ich hatte den blinden Friedrich in der Gasse stehenlassen, ich ließ meine kranke kleine Frau fast ohne ein Wort der Aufklärung zurück; – die Räder drehten sich – vorüber schwebten die Wohnungen der Menschen, die nichts mit mir, mit denen ich nichts zu schaffen hatte, die herbstlichen Fluren, welche selten ein ferner, unbedeutender Höhenzug begrenzte; – ich hatte Zeit, mich zu beruhigen. Jede solche mechanische Gewalt, welche den Menschen in der Aufregung packt und ihn, wie mich in diesem Fall, sechs bis acht Stunden zurechtschüttelt und -rüttelt, ist ein Segen, der nicht hoch genug geachtet werden kann.

Gegen ein Uhr am Nachmittag langte der Zug in Hamburg an, und ratlos war die Ankunft wie das Abfahren. Ich stand viel verlorener und in größern Nöten in dem Gewühl *dieser* Weltstadt als meine Hohennöthlinger Mathilde in dem Lärm jener andern großen Stadt. Die Saxonia, die Saxonia! Nach dem Hafen! Während ich gestanden und den Mund aufgesperrt hatte, waren natürlich alle Droschken von den Passagieren des Eisenbahnzuges besetzt worden; ich rief und suchte vergeblich, als mir plötzlich ein ziemlich behaglicher Herr, welcher ebenfalls nach dem Hafen fuhr, winkte und mich im Augenblick des Abfahrens in das von ihm gemietete Fuhrwerk, zur Mitbenutzung desselben, einlud. Ich dankte ihm für die Freundlichkeit, und wir rasselten durch die mit so fremdartigem Leben erfüllten Straßen.

»Sie wünschen auch noch die Saxonia zu erreichen?« fragte der freundliche Herr. »Ängstigen Sie sich nicht; ich hoffe fest, daß wir sie noch an ihrem Ankerplatz finden. Sehen Sie, mein Name ist Taube, und ich mache in überseeischen Produkten; sollten Sie etwas dagegen haben, mich auch mit Ihrem werten Charakter bekannt zu machen?«

Der Herr war so gütig gewesen, er war so freundlich, und ich hatte keinen Grund, ihm meinen Namen und Stand zu verheimlichen.

»Sehr angenehm, Ihre Bekanntschaft zu machen, Herr Doktor!« sagte Herr Taube. »Sie sind ebenfalls soeben mit dem Eilzug gekommen?«

Ich bejahte es, und wir erreichten die »Vorsetzen«.

»Sehen Sie, da sind wir schon, und – dort ist die Saxonia; – wie ich Ihnen sagte.«

Mit einer Behendigkeit, welche ich seinem Umfange nicht zugetraut hätte, war mein Führer aus der Droschke gesprungen, und ich folgte ihm ebenso schnell.

Der höfliche Herr Taube kannte auch auf der Saxonia jemand; höflich, wie er mich begrüßt hatte, winkte er nach dem Schiffe hinüber, und ein Herr in Uniform, welchen ich für den Kapitän hielt, grüßte zurück.

Wir bestiegen eine Jolle, welche uns in einem Augenblick zu dem großen Dampfer brachte. Schwankend stieg ich die schwankende Schiffstreppe empor; aber alle Fremdartigkeit der Umgebung war nichts im Verhältnis zu den fremdartigen Vorgängen in meinem Innern und zu der merkwürdigen Veränderung, welche mit dem überseeischen Produktenhändler Herrn Taube sich begeben hatte. Der Mann in Uniform war nicht der Kapitän der Saxonia, sondern ein Polizeibeamter der Freien Stadt Hamburg und kannte Herrn Taube sehr gut; Herr Taube war ebenfalls ein Polizeibeamter, stand mit dem hansestädtischen Kollegen im Kartellvertrag und wünschte ebenfalls, mit dem Agenten Pinnemann vor der Abreise desselben noch einige Worte über die Brieftasche des Paten Hahnenberg zu sprechen; Pinnemann aber – befand sich nicht auf dem guten Schiff Saxonia und die leichtsinnige Luise Winkler ebensowenig; – der Kapitän der Saxonia aber und seine Schiffsmannschaft sowie seine Passagiere waren sehr erbost, weil man sie so lange und so unnötigerweise durch das »gottverdammte Telegramm« aufgehalten hatte.

Nachdem wir wieder auf dem Kai standen, vom Schiff moralisch heruntergeworfen, bat mich der nunmehrige Herr »Inspektor« Taube um Verzeihung für seine Stellung, welche ihn gezwungen habe, sich mir in einem andern als dem richtigen Lichte zu zeigen, und wir hatten mehr als bloße Worte gegeneinander auszutauschen. Die Polizei hatte das Verschwinden des Hausgenossen des Notars Hahnenberg und jenes Feuerversicherungs-Kassierers fast noch früher gemerkt als Friedrich Winkler das Entweichen seiner Schwester. Die Polizei hatte tat- und schnellkräftig eingegriffen: aber jetzt stand der Mann der öffentlichen Sicherheit ebenso unbefriedigt an der Hafenmauer zu Hamburg wie der Doktor der Medizin August Sonntag. Der freistädtische Kollege bedauerte uns höchlichst, erbot sich zu allen weitern Hülfleistungen und wußte nur nicht so ganz klar, zu welchen. Wir sahen die Liste der am Morgen stromabwärts gegangenen Schiffe durch sowie die Fremdenlisten, aber nirgends ergab sich ein Anhaltspunkt. – »Herr Doktor«, sprach der Inspektor, »ich bitte, mir gütigst zu verzeihen, wenn ich Sie jetzt Ihren eigenen Nachforschungen überlasse, wir treffen einander wohl noch.« Damit ging er, nachdem er wieder ganz und gar das joviale Wesen eines Weinreisenden angenommen hatte, und ich versaß müde und gedrückt den Abend am Fenster eines der Hotels am Jungfernstiege, welches Taube mir vor seinem Abschiede empfohlen hatte.

Das Gewühl der Bevölkerung am Alsterbassin versetzte mich immer mehr in die Stimmung jenes Mannes, der eine Nadel im Heuwagen suchen mußte; und der Gedanke, daß das Finden des Gesuchten auch keine Freude und Befriedigung geben könne, trieb mich eben – gegen Mitternacht – ins Bett, als noch einmal an meine Tür geklopft wurde und der Kellner meldete, es wünsche ein Herr mit mir zu reden. Ehe ich antworten konnte, trat der Gemeldete aus dem Dunkel hervor; es war wiederum Taube, aber nicht mehr als Weinreisender oder Kolonialwarenmakler.

»Herr Doktor«, sagte er, »ich habe die Ehre, Ihnen anzuzeigen, daß morgen früh um acht Uhr – pünktlich – der Groden, ein kleiner Dampfer, nach Kuxhaven geht; ich bitte Sie ganz gehorsamst, mir Ihre sehr angenehme Begleitung zu schenken, habe das Vergnügen, mich Ihnen bestens zu empfehlen, und wünsche wohl zu schlafen.«

Er hatte sich in der Tat empfohlen, ehe ich zur Besinnung und zu einer aufklärenden Frage gekommen war; aber am andern Morgen um acht Uhr befand ich mich im halben Fieber an Bord des Groden und auf dem Wege nach Kuxhaven. Taube hatte mir bei meinem Erscheinen zärtlich die Hand gedrückt, er war Tourist, ganz Tourist – Vergnügungs- und nicht einmal mehr Geschäftsreisender in überseeischen Produkten oder Weinen.

»Schönsten guten Morgen!« rief er, beide Hände mir schüttelnd. »Sollte man das für einen Novembertag halten? Frühling, purer Frühling; ich hoffe, wir werden einige prächtige Stunden miteinander verleben; – ah, unsereiner hat's wohl nötig, sich von Zeit zu Zeit in anständiger, liebenswürdiger Gesellschaft die Brust auszuweiten. Imposanter Anblick, dieser Hamburger Hafen! Schon früher den Weg gemacht? Nein? Das freut mich; es ist mir eine Ehre, mich Ihnen als Baedeker, wenn auch nicht in rote Leinwand gebunden, widmen zu dürfen. Wie gut eine Zigarre an einem *solchen* Morgen ist!«

Er gönnte mir nicht den kleinsten Augenblick, um mit meinen Fragen, meinen Sorgen in seine Heiterkeit fahren zu dürfen.

»Sehen Sie, das nennt man Altona, welches über dem Tor mein Lebensmotto hat: Nobis bene, nemini male. Interessant, was?! – Da oben das ist Rainvilles Garten – Restauration – dahinter liegt Klopstock begraben – wissen Sie, schauerliche Erinnerungen: Zu Ottensen an der Mauer, grauser Davoust, Friedrich Rückert – Väter, Mütter, Kinder, Onkel, Tanten, Schwestern und Brüder – ein einzig Grab – achtzehnhundertunddreizehn; ich bitte Sie, was für Geld diese Hamburger Kaufleute haben müssen! Sehen Sie diese Villen, diese Gärten! Und hier haben Sie die Idylle, beachten Sie diese kleinen lieblichen Häuschen am Strom, vor jedem ein Boot, lauter alte abgetakelte Schiffskapitäne – das liebt das Wasser, aber nicht im Rum – brr, 's ist doch ziemlich kalt; was sagen Sie zu einem Kognak in der Kajüte, hm? Vor Blankenese kommen wir wieder auf Deck.«

In ähnlicher Weise ging es den ganzen Wasserweg weiter. Inspektor Taube wußte alles, kannte alles und kommentierte alles. Er kommentierte mir Stade und Glückstadt, die hannoversche und die preußische Politik in betreff Schleswig-Holsteins und summte dazu »Schleswig-Holstein meerumschlungen« dem dänischen Kriegsschiff mit dem Danebrog vor Glückstadt unter die Nase. Er kommentierte auch die Poesie des großen Stromes, welcher zum Meere wird, die aufschnellenden Tummler, die Seevögel, den Wind und bei Sankt Margarethen den an Bord steigenden Lotsen, der ebenfalls ein alter guter Bekannter von ihm zu sein schien.

Die Szene wurde immer mächtiger, immer großartiger; die wühlenden, taumelnden, grauen Wassermassen drängten die niedern Marschen Holsteins zur Rechten und das Kedingerland zur Linken in immer weitere Ferne, immer toller und ungeduldiger tanzten die schwimmenden Tonnen auf den Schaumspitzen und zerrten wild an den Ketten. Der Wind kam von der See und stemmte sich dem alten eiligen Flußgott entgegen in der Haustür; von seiner Kraft aber, im Fall er Ernst aus dem Spiel machen sollte, zeugte das entmastete, zerschlagene Wrack eines großen Schiffes an der holsteinischen Seite, mit welchem er auf dem Meer Fangball gespielt und es dann, des Spaßes müde, hierher in den Winkel und Sand geworfen hatte.

Wir standen auf dem Radkasten neben dem Kapitän, welcher, da er das Kommando an den Lotsen abgegeben hatte, sich ganz seinem Freund Taube widmete, und Taube deklamierte uns einiges auf die Umgebung Bezügliche aus Goethes »Mahomets Gesang« und dem »Gesange der Geister über den Wassern«, musterte aber dabei den Horizont, wo Himmel und Wasser bereits nicht mehr voneinander zu unterscheiden waren, aufmerksam durch ein Fernglas, und der Kapitän tat das gleiche.

Mit dem günstigen Winde kam eine Menge Schiffe herein. Ich zählte die Segel zu funfzigen, und der Kapitän und der Inspektor Taube wußten ganz genau Flagge und Gewerbe eines jeden anzugeben. Abwärts gingen weniger Fahrzeuge, und nur eine Rauchwolke hinter uns in weiter Ferne verkündete, daß ein großer Dampfer in unserm Fahrwasser folge.

Wir hatten die Reede von Kuxhaven erreicht, nach allen Seiten hin dehnte sich die blitzende, hüpfende, schaukelnde Fläche; der Fluß war zum Meer geworden.

»Da geht Miss Assy Barley von Liverpool!« rief der Kapitän, auf eine Rauchwolke vor uns deutend. »Mamsell hat ihre Maschine wieder in Gang. Hurra für Sie, Inspektor! Go ahead, Sir!« Der Inspektor sah die Wolke, welche eben über den Horizont hinabsank, ebenfalls durch sein Glas an, zuckte dann die Achseln und deutete über die Schulter, ohne sich umzusehen, nach der andern Rauchwolke.

»Und da kommt der Rantipole – 's wird eine lustige Treibjagd!«

Er blickte noch einmal nach der verschwindenden Miss und reichte sodann sein Fernrohr mir, indem er sagte:

»Wollen Sie sich das Liverpooler Fräulein nicht auch einmal ansehen, Herr Doktor? Der Herr Geheimrat von Goethe wir doch ein großer Mann:

Seele des Menschen,
Wie gleichst du dem Wasser!
Schicksal des Menschen,
Wie gleichst du dem Wind!«

»Aber erklären Sie mir, Herr Inspektor –«

»Gern, da wir uns doch leider binnen kurzem trennen müssen, Herr Doktor. Sie bemerken den Rauch dort; nun, Friedrich von Schiller sagt bereits: Rauch ist alles irdische Wesen –
vermittelst jenes Dampfes versucht der Herr Agent Pinnemann, welchen *ich* suche, sich zu ver-
flüchtigen; das Fräulein aber, welches Sie, Herr Doktor, zu begrüßen wünschen, werden Sie,
wenn mich nicht alle meine Referenzen täuschen, am Fuße des Leuchtturms von Kuxhaven
sitzend finden: Singt Weide, grüne Weide. Ich verlasse Sie also in Kuxhaven und benutze jenen
andern Dampf, dort hinter uns, den Rantipole, ebenfalls aus Liverpool, zur weitern Verfolgung
des angenehmen, aber undankbaren Flüchtlings, der mir mehr Mühe gemacht haben würde,
wenn nicht glücklicherweise die Maschinerie von Fräulein Adelheid Barley zur rechten Zeit
ein wenig in Unordnung geraten wäre. Es ist eine sehr praktische und komfortable Erfindung,
dieser elektrische Telegraph, und wenn der heitere Europamüde den annexierten Geldsack bei
sich trüge, würde er schon im Amtshaus zu Ritzebüttel meine Ankunft erwarten; so aber –
flieg, Vöglein, flieg!«

Ich glitt betäubt von dem Radkasten auf das Verdeck hinab und wußte nichts mehr zu sagen.

»Wie ich schon vor Blankenese bemerkte«, sagte Taube, »man merkt doch den Novembertag; – es scheint Sie zu frösteln. In einer Viertelstunde legen wir bei Kuxhaven an; nehmen wir
noch einen Kognak!«

Gefühllos gegen Hitze und Kälte saß ich auf einer Bank über den spritzenden Rädern und
blickte teilnahmlos in das Getümmel der zurückfliehenden Wogen; erst das Rennen und Laufen
der Matrosen, welche die Taue zum Anlegen des Schiffes hin und her schleppten, jagte mich
wieder empor. Seitwärts breiteten sich unendlich die Wasser, vor uns lag ein Pfahlwerk, der
Damm mit dem Leuchtturm, einige kleinere Fahrzeuge und Fischerkähne und dahinter das
flache, herbstlich gefärbte Land Hadeln und Amt Ritzebüttel. Sechs Stunden hatten wir zu
unserer Fahrt gebraucht; nach all dem Geschnauf und Gestampf lag das Schiff still wie ein
verendeter Walfisch, nur die Wellen umklatschten seinen Bauch, und sehr hörbar jetzt, sehr
scharf und schneidend trotz der klaren Sonne, pfiff und zischte und schnitt der Seewind um den
Schornstein und das wenige Tauwerk. Es wurde ein Brett nach dem Lande hinübergeschoben,
und die wenigen Passagiere verließen das Schiff. Auch ich stand am Ufer und suchte bänglich
unter den Gruppen der Männer und Weiber, welche aus den Fischerhäusern zum Empfange
des Dampfers herbeigeeilt waren; aber die gesuchte Gestalt trat mir nicht entgegen. Dagegen
legte der Inspektor Taube wieder einmal mir die Hand auf die Schulter und sprach mit inniger
Überzeugung:

»Sie werden sie schon finden, Herr Doktor; – sein Sie unbesorgt, man geht nicht so leicht
in der Welt verloren. Aber wir müssen Abschied nehmen, ich hoffe jedoch, daß wir die in so
angenehmer Weise angeknüpfte Bekanntschaft später fortsetzen werden. Dort kommt der Rantipole, leben Sie recht wohl, Herr Doktor, und kommen Sie glücklich nach Hause; empfehlen
Sie mich bestens dem Herrn Notar Hahnenberg; ich werde mich bestreben, das kleine Geschäft
in Liverpool zu allseitiger Zufriedenheit abzumachen – alles in allem genommen, ist's doch kein
rechtes Reisewetter. Ich empfehle mich unbekannterweise Ihrer Frau Gemahlin, Herr Doktor,
und somit – auf, Matrosen die Anker gelichtet, und ein Vivat für Miss Assy Barley!«

Leichtfüßig hüpfte er eine Treppe hinab, an deren Fuße ein kleines Segelboot bereits auf ihn
wartete. Das große englische Dampfschiff kam schwarz über die grauwogende Fläche daher;
das Kuxhavener Boot entfaltete sein braunes Segel und schoß schnell hinter der Mauer hervor.
Taube warf mir noch eine Kußhand zu, hatte nach zehn Minuten richtig den Rantipole erreicht,
welcher sich jetzt fast gänzlich in seine Rauchwolke hüllte und ächzend und schnaubend seinen
Weg in die See fortsetzte mit dem besten Willen, nicht allzu weit hinter der flüchtigen Miss
Adelheid zurückzubleiben.

Ich sah nur einen kurzen Augenblick lang dem davoneilenden Dampfer nach; es konnte mir wenig von Wichtigkeit sein, ob der Inspektor die Miss Assy Barley und den Agenten Pinnemann einhole oder sie im Hafen von Liverpool in Empfang nehme. Es waren nur einige Schiffsbauer und junge Kaufleute mit uns von Hamburg herabgekommen; sie hatten sich schnell zerstreut und waren ihren Geschäften nachgegangen; ich stand allein in der fremden, unfreundlichen Umgebung und sah, wie die Strandbewohner die Köpfe zusammenstießen, um sich ihre Mutmaßungen über meine Person mitzuteilen. Wie sich auch mein Herz dagegen sträubte, es half nichts, ich mußte diesen verschiedenartigen Vermutungen ein Ende machen durch die Frage nach dem jungen, unglücklichen Weibe, welches hier bei ihnen, zwischen Wasser, Sand, Sumpf und fremden Gesichtern, verlassen in seinem Leichtsinn, sitzen sollte.

Man sah mich anfangs an und ließ mich meine Fragen wiederholen; die Männer schoben ihre Schiffermützen hin und her, rückten ihre Nordwester zurecht, drückten den glimmenden Tabak in den kurzen Tonpfeifen nieder; die Weiber stießen einander die Ellenbogen in die Seiten, spielten mit den schmutzigen Schürzen; endlich erbarmte sich einer der Wächter des Leuchtturmes, ein alter, grauhaariger Mann, und meinte: jawohl habe ein fremdes Frauenzimmer hier beigelegt, ein schmuckes Fahrzeug, aber ein wenig mitgenommen vom Wetter, und er schätze, es sei ein gut Hamburger Bürgerkind, welchem der Amerikaner oder Monsieur Jean de Bordeaux mit uneingelöstem Wechsel seewärts davongegangen sei und welches nun nicht wisse, welche Flagge es zeigen und wohin es sein hübsches Galion drehen solle; die Leute in einer der Strandschenken aber würden wohl Näheres von dem armen Ding wissen; die großen Badehotels seien zu jetziger Jahreszeit verlassen.

Ich dankte für diese Nachrichten, welche wenigstens bewiesen, daß der Inspektor Taube einigen Grund für die Sicherheit seiner Behauptungen gehabt habe.

Gleich in der ersten Schenke, welche ich betrat, erfuhr ich alles, was ich aus solcher Quelle über die Flüchtigen und das Verbleiben der armen Luise erfahren konnte.

Während gestern abend und am heutigen Morgen die Miss Assy Barley den Schaden an ihrem Räder-und Schraubenwerk wieder ausbesserte, hatte natürlich ein steter Verkehr zwischen dem Schiff und dem Lande stattgefunden, und unter den wenigen Passagieren waren auch ein ältlicher, zärtlicher Herr in einem Pelzrock und eine junge, aufgeregte Dame herübergekommen, um sich am Ufer zu ergehen und die Zeit der Abfahrt zu erwarten. Sie hatten sich auch am Ofen der Strandschenke gewärmt und ein Glas Glühwein getrunken, und der ältere Herr in dem schönen Pelzrock war sehr vergnügt und höflich gewesen, wenn auch nicht ganz frei von einer gewissen Unruhe in betreff der unangenehmen Verzögerung der Reise. Da Nachricht vom Schiff gekommen sei, die Instandsetzung der Maschine werde wohl noch die Nacht in Anspruch nehmen, sei der höfliche Herr plötzlich sogar sehr aufgeregt und wild geworden, doch habe er sich in das Unvermeidliche finden müssen. Die Nacht hindurch habe der Liverpooler Dampfer natürlich ruhig vor Anker auf der Reede gelegen, und am Morgen sei der Herr im Pelzrock mit der bleichen Dame, welche jetzt sehr verweint ausgesehen habe, noch einmal ans Land gekommen, und beide seien am Strande hingegangen in der Richtung nach Neuwerk, und als die Miss Assy das Signal zur Abfahrt gegeben habe, da sei der Herr im Pelz im Laufe allein zurückgekommen, und in der Hast und dem Getümmel habe man nicht auf ihn geachtet; als aber das Schiff sich schon längst in Bewegung gesetzt habe, sei plötzlich das Fräulein atemlos den Strand entlanggekommen und habe gewinkt und gerufen und mit dem Taschentuch gewehet, und dann sei's ein Jammer gewesen, als sie gemerkt habe, daß sie zurückgeblieben oder zurückgelassen sei. Sie habe es anfänglich nicht glauben wollen und habe nach einem Boot geschrien, um dem Engländer nachzufahren, und habe nicht begreifen wollen, daß das nicht angehe. Da habe sie zuletzt die Hände gerungen und böse Worte ausgestoßen, und man habe sich vor ihr gefürchtet, und niemand habe es gewagt, sie aufzuhalten, als sie dann fortgegangen sei, wiederum den Strand entlang, nach Neuwerk zu.

»Und niemand ist ihr gefolgt? Niemand hat sie behütet, daß sie sich keinen Schaden tue? Niemand hat ihr ein gutes Wort gesagt?« rief ich; doch man schien mich nicht zu verstehen, und es blieb mir nichts übrig, als der Verlorenen auf ihrem traurigen Wege mit Bangen nachzugehen.

Es war jetzt ungefähr halb vier Uhr nachmittags, und wenn auch die Sonne sich nicht meiner Stimmung anbequemte und melancholisch verschwand, so stand sie doch bereits niedrig, und von der See kam der Abendnebel mit dem Wind des Novemberabends herangerollt. Es war auch die Zeit der Ebbe, und weithin zur Rechten hatten die zurückgewichenen Wasser das schwarze Geröll und Geschiebe, den Schlamm, das halbfaule Seegras, die toten und lebendigen Muscheln sowie mancherlei anderes Gewürm in häßlicher Nacktheit liegenlassen, und die Vögel flogen mit heiserm Geschrei über diesem schmutzigen Gürtel des Ufers.

Grade dieser letzte Zug der öden Szenerie faßte mich in Verbindung mit meinen aufgeregten Gefühlen am tiefsten und heftigsten. Ich wagte es kaum, seitwärts zu blicken; denn gegen meinen Willen war ich gezwungen, ihn immerfort in den engsten Zusammenhang zu bringen mit dem hübschen Wesen, welches ich stets, auch unter den betrübtesten Umständen, nur lachend, schelmisch, glücklich gekannt hatte. Ich wagte es nicht, seitwärts zu schauen, vorzüglich nicht an den Biegungen des Weges. Sie hätte da liegen können, mit dem Schlamm des Flusses und der See überzogen wie das Gestein, wie die armen, reinlichen Muscheln und das einst so frischgrüne Meergras. Sie hatte mir einst in einem leichten roten Sommerkleid sehr gefallen; nun mußte ich dieses Kleid immerfort mit dieser schleimigen, schwarzen Fläche in Verbindung bringen; – ein wahrer Fieberfrost schüttelte mich, und zuletzt war es doch ein Glück, als ich sie fand, grade als die Sonne in dem Nebel versank. Ich fand sie natürlich nicht tot, sondern sie saß nur am Rande des schwarzen Striches und starrte stumpfsinnig auf die fernen Wellen, die sich zum Wiederkommen rüsteten.

Wir suchen gern in alle nur irgend etwas außergewöhnlichen Vorgänge oder Erlebnisse einen hohen, tragischen Begriff zu legen und fühlen uns im Innersten erkältet, wenn uns statt desselben das ganz gewöhnliche »Malheur« entgegentritt. Es ist so seltsam, was alles auf den Menschen bei solchen Begebnissen wirkt und ihn über die nüchterne Wahrheit hinausreißt; – in unangenehmster Weise manifestiert sich solcherart seine Bestimmung zum Höhern. Mich hatten das tiefe Leid des Bruders, dann die schnelle Fahrt, die große, fremde Umgebung der Seestadt, die Majestät und das Leben des gewaltigen Stromes und die Nordsee trotz der Begleitung des Inspektors Taube verwirrt und mir über das ganz Gewöhnliche den magischen Schleier des Außerordentlichen, der stets über uns in den Lüften schwebt, herabsinken lassen. Nun legte ich dem durchgegangenen Fräulein die Hand auf die Schulter, und es fuhr erschreckt empor, um wieder davonzulaufen, und dann erkannte es mich, schrie ein wenig, schämte sich sehr, weinte und spielte die kleine Komödie solcher Schmetterlingsexistenz weiter.

Ich hätte es mir gleich so vormalen können.

Luise Winkler hatte, ihrer Aussage zufolge, »ganz gewiß« in das Wasser gehen wollen, aber es war vor ihr davongelaufen, und das hatte ihr einen allzu heftigen Schrecken eingejagt, und vor dem Schmutz und den Tieren fürchtete sie sich auch, so war sie denn nicht »dazu gekommen«.

Sie war, trotzdem sie sich so sehr schämte, sehr froh, mich zu sehen; denn sie hatte »recht böse, arge Stunden auf diesem abscheulichen Fleck« zugebracht, und wenn sie auch »nicht wußte, wohin sie ihr armes Gesicht verbergen sollte«, und wenn sie auch »nie wieder« zu ihrem Bruder zurückgehen konnte: so war »doch alles besser als das Alleinsein an diesem Ort zwischen Wasser und Wilden«.

Sie stand durchaus nicht an, mir bis ins kleinste zu beschreiben, wie sie die letzten Tage verlebt habe, denn sie konnte dadurch ihrem Herzen oder dem, was sie so nannte, über das »Scheusal«, welches sie hier verlassen hatte, Luft machen. Seltsamerweise blieb sie dabei, daß sie von diesem Pinnemann »geliebt« worden sei, und als ich sie fragte, weshalb in aller Welt er sie denn verlassen habe, zeigte sie zum erstenmal ein Zeichen von wirklichem Gefühl; mit hellem, fast gellendem Geschrei faßte sie meine Hände und erklärte, das sei's und nicht das schmutzige Wasser, welches sie verhindert habe, sich den Tod zu geben, und eher könne sie nicht sterben und wolle das schlimmste Leben ertragen, bis sie den Grund erfahren habe.

Wir hatten ihr daheim den Charakter des Menschen, dem sie sich anvertraut hatte, zu oft mit den natürlichsten Farben vorgemalt, als daß es das geringste genutzt haben würde, das alte Lied zu wiederholen. Dem Bruder, den Freunden konnte sie nicht glauben: nur ein Mann wie der

Polizei-Inspektor Taube war berufen, einem solchen Wesen die Rätsel des Lebens genügend, das heißt verständlich zu lösen. Er tat dieses später sehr bereitwillig, nachdem er dem Agenten Zeit gelassen hatte, sich mit dem Freund von der Feuerversicherung, welcher schlauerweise mit des Paten Brieftasche über Bremerhaven gegangen war, in Liverpool zu vereinigen, um sodann die ganze Gesellschaft samt der Brieftasche, wahrscheinlich mit höflichster Beachtung aller Formeln der Habeaskorpusakte, in die Heimat zurückzuführen.

»Mein liebes Fräulein«, sprach der Inspektor, »des Schicksals Stimme, welches sagen will die Angst vor der Polizei und der Staatsanwaltschaft, ist bei nicht wenigen Individuen doch noch mächtiger als der Zug des Herzens. Bauen Sie auf das Wort eines Mannes von Erfahrung, mein teures Fräulein; es sind mir in meiner Praxis viele Leute vorgekommen, welche sich für den geliebten Gegenstand das Messer in die Brust gestoßen haben würden, aber nicht einer, der nicht den Kopf und auch leider das Herz verloren hätte unter dem Eindruck des um ihn her spielenden internationalen Telegraphensystems.« –

Mit der Flut trat der Groden die Rückfahrt nach Hamburg wieder an. Die jungen Kaufleute waren glücklicherweise durch ihre Geschäfte in Kuxhaven zurückgehalten worden, und nur einige der älteren Herren, welche am Morgen meine Schiffsgenossenschaft gebildet hatten, gingen jetzt wieder mit uns stromaufwärts.

Luise Winkler hatte sich ohne Widerstreben an Bord des Dampfschiffes führen lassen; sie trug den Kopf gesenkt und hatte den Schleier herabgelassen, verschmähte aber ein Glas Punsch zur Stärkung in der Trübsal durchaus nicht. Ich setzte sie in den dunkelsten Winkel der von einer Hängelampe trüb erleuchteten Kajüte; sie war willenlos und matt gleich einem eigensinnigen Kinde, welches die Rute gekostet und sich sodann stundenlang ausgeschrien hat. Eines rechten Begriffs ihrer Lage war sie auch jetzt noch nicht fähig, und so schlief sie denn auch nach all den Aufregungen und Leiden des Tages ebenfalls wie ein Kind bald ein, und es wäre nicht nur eine Narrheit, sondern auch ein Unrecht gewesen, sie zu wecken und durch moralische Lungenübungen wach zu halten.

Ich stieg wieder auf das Verdeck. Hinter uns zeigte und versteckte in abgemessenen Zwischenräumen der Leuchtturm von Kuxhaven sein glänzendstes Licht. Es war recht kalt geworden, und die Nacht ward so dunkel, wie nur eine Novembernacht werden kann; aber ich schritt auf und ab, hörte den Wellen, den Rädern und der Arbeit der Maschine zu und merkte wenig von dem Winde und der Kälte; ich befand mich auf der Heimkehr, und als sich das Schiff dem Ufer näherte, mahnte mich jedes Licht landeinwärts daran. Man wird unendlich milde nach einem solchen Tage, wenn man für sich selbst soviel Glück, so viele schöne Hoffnungen zusammenzuzählen hat; – von aller Unruhe, allem Groll und Haß war nichts zurückgeblieben als ein tiefes Mitleid für die verlorenen, verführten und einsamen Seelen, deren Wege sich mit dem meinigen verschlangen. –

·

VI
Achtzehnhundertzweiundsechzig

Wenn der Abend herabgesunken ist, wendet sich der Wanderer gegen seine Fußtapfen, und sie verfolgen ihn oft sogar bis in seine Träume. Das ist erklärlich; denn, o Bruder Straubinger, was für einen Weg haben wir hinter uns! Was für Glossen haben wir zu machen über grobe Wirte, schlechte Herbergen, Polizei, Flöhe und Fliegen, Hitze und Kälte, Hunger und Durst! Wie oft haben wir unsere Stiefel in der aufgeweichten, zerfließenden Landstraße steckenlassen! Wie oft hat man uns in die Irre geschickt, um sodann hinter uns herzulachen und seinen Witz an uns zu üben!

Was haben sie uns alles ins Wanderbuch geschrieben! Und, Bruderherz – komm heran – ein Wort ins Ohr: Weißt du noch da und da, das und das? Bruder Straubinger, ganz blind und dumm sind wir doch auch nicht durch die Welt gelaufen, und wer kann die Schnitte zählen auf dem Kerbholz, welches die ewige Gerechtigkeit für uns neben die große, dunkle Tür, die in das große, dunkle Ungewisse führt, gehängt hat?

Man hat gewöhnlich Grund zur Verwunderung, wenn man sich mit untergehender Sonne gegen seine Fußtapfen wendet; wenn es auch oftmals kein Vergnügen ist, auf den zurückgelegten Weg bis in die undeutlichste Ferne zurückzublicken, so ist es doch immer interessant, zumal da der Punkt, das Ziel, von welchem aus man zurücksieht, sehr häufig hinter der Erwartung des jungen Morgens zurückblieb. Wenn nur nicht das Interesse so oft in das Grauen überginge! Jeder Augenblick des Lebens kann zu einem Gespenst werden, welches nach Jahren hinter der spanischen Wand des Vergessens hervortritt, gleich dem Skelett in der Pantomime, und kettenrasselnd der Gemütsruhe, der beschaulichen Behaglichkeit des Sonntag-Nachmittags oder der stillen winterlichen Abendpfeife ein Bein stellt.

Da steht ein Blatt Papier, vor mehr als dreißig Jahren vollgekritzelt, gegen mich auf, und was, »als wir noch jung waren«, zwischen Grimm und Lachen in gewöhnlicher Dinte auf gewöhnliche Lumpen niederschlug, das erscheint nunmehr plötzlich in gelben Feuerzügen an der Wand, um Zeugnis zu geben, daß der Mensch alt, sehr alt wird. Es raschelt in den vergilbten Blättern, und eine kleine allerliebste Faust wird mir unter die ehrwürdige Nase gehalten, und Frau Mathilde Sonntag liest ab aus dem moderduftigen Schulheft:

»Von allen Erdgeborenen weiß ein Jurist am besten mit Gespenstern umzugehen; ein Ding, welches nicht mehr vor Gericht zitiert werden kann, ermangelt für ihn jeglicher Bedeutung, und wenn er – was geschehen kann – es zitieren muß, um einen Nebenmenschen in die Dinte zu reiten oder ihn daraus zu erretten, so tut er es zwar mit Pathos, aber doch mit innerlichster Verachtung und potenziertestem geistigem Achselzucken.«

Hier sitze ich, August Hahnenberg, mehr als sechzig Jahre alt, und versuche es, den alten, morschen Faden, welcher vor dreiunddreißig Jahren abbrach, weiterzuspinnen, während Atropos zuwartend die Spitze der Altjungfern-Nase an der Schere reibt:

»Mach fort, mein alter Knabe; es bricht ein anderer Faden, der sich nicht wieder anknüpfen läßt.« –

Ach Frau Mathilde, ich gestehe, daß ich es nicht verdient habe, wenn man nächstens an meine Tür klopfen wird, um mir einen Strauß und eine Pastete sowie die besten Geburtstagswünsche zu bringen. Frau Mathilde, ich gestehe es, daß mir ganz und gar zumute ist, wie jenem Herrn Böttcher sein mußte, welcher sein ganzes Leben durch in Kummer und Sorgen die große Kunst, Gold zu machen, suchte und zuletzt in Ketten und Banden auf dem Königsstein etwas viel Besseres fast gegen seinen Willen fand, nämlich die Kunst, Porzellan zu machen, und dafür Kurfürstlich Sächsischer Hofrat wurde. Ich bin nicht Kurfürstlich Sächsischer und Königlich Polnischer Hofrat; ich habe die Rute bekommen und nachher ein Stück Kuchen mit vielen trefflichen Rosinen; ich danke bestens dafür, Frau Mathilde Sonntag! Fest überzeugt, daß bei einer neuen Sündflut, um dem Geschlecht sein Recht zu geben, es nichts anderes als Dinte regnen wird, hoffe ich zugleich, nach Beendigung dieser Generalbeichte nichts mehr schreiben zu brauchen, hoffe ich, meine Feder an den Nagel hängen zu können wie Cid Hamed ben Engeli, wenn auch nicht mit gleich gehobenem Gefühl wie der weise Maure. –

Der Abend ist herangekommen, als sollte wirklich so etwas wie eine Dinten-Sündflut daraus werden. Wer aber erfahren hat, wie merkwürdig schwarz die Nacht unter Umständen sein kann, der weiß auch, welch ein Licht ein einziger Johanniskäfer in den Busch zu werfen vermag: vor einer halben Stunde ist Mathilde fortgegangen und hat mir das »Familien-Sündenregister« auf dem Tische zurückgelassen.

Wie gesagt, da liegt es, und hier sitze ich, Augustus Hahnenberg, Michels Sohn, und darf fortfahren, wo ich vor einem Menschenalter aufgehört habe – o lampyris noctiluca, o Frau Mathilde, Frau Mathilde! –

Das junge Volk glaubt, den Lebensprozeß contra Hahnenberg gewonnen zu haben. Sie kommen jung, gesund und lachend, sie bringen mir ihre Kinder, ihre sonnige Gegenwart, ihre schmeichelnden Hoffnungen, sie sind mitleidig, weil sie glücklich sind, streicheln mir das Kinn, schieben mir weiche Polster unter die Füße und hinter den Rücken; sie sind so zärtlich und verlangen weiter nichts, als daß der alte, mürrische Knabe im Großvaterstuhl seine drei Kreuze unter die Akten mache; und die Vergangenheit, welche ihrerzeit auch wohl dann und wann ihren Willen gehabt hat, hält die Nase vor dem Moderdunst zu und tut dem lächelnden Tage den Gefallen.

»Ach Joseph«, sagte ich auf der Treppe, »wir haben ein großes Unglück in Geduld zu tragen. Möge dein Junge mehr Glück im Leben haben als wir beide –«

»Gott segne dich!« schluchzte Joseph – und die Gedankenstriche, welche dann einige Zeilen weiter folgen, bedeuten ein Menschenalter, und je weniger diese Vorstellung zu bedeuten hat, desto grimmiger wird sie.

Ich machte mich sanft aus der Umarmung meines Freundes Joseph Sonntag los, ging die Treppe hinunter, dann durch die Gassen und zuletzt, ganz leise, an meine Geschäfte. Bedachtsam setzte ich mich vor dem Aktenhaufen nieder, schnitt eine neue Feder im harten Kampf gegen das Zittern der Hand und schrieb auf einen reinen, weißen Bogen die Formel, welche man früher den Chirurgen in den Lehrbrief schrieb:

Sis strenuus, audax, sollers et immisericors.
Sei stark, kühn, gewandt und mitleidlos.

Mit ironisch-wilder Gewalt packte ich das Leben; ich wußte, daß der Egoismus gleich dem Lichte seinen Strahl unendlich brach und den Dingen ihre Farbe gab; ich nahm den Egoismus für das Licht dieser Welt und richtete mein Denken und Tun danach. Das Leben war mir das Tuch voll reiner und unreiner Tiere, welches dem fastenden, hungernden Apostel vom Himmel herabschwebte, und ich vernahm dieselbe Stimme, welche zu Peter dem Menschenfischer auf dem Dache zu Joppe sprach: »Schlachte und iß!« – Stark, kühn, gewandt und mitleidlos hatte ich mir meinen Weg zu bahnen; ein Rückblick aber mag mir an dieser Stelle gegönnt werden.

Es leuchtete kein lichter Stern in der Stunde meiner Geburt; manch ein ganz gewöhnliches Patengeschenk, welches sonst ein auch hartherziges Schicksal ohne allzu saure Miene in die Wiege legt, war mir mürrisch vorenthalten worden. Es regnete, als ich den ersten Schrei ausstieß, und unter dem Regenschirm habe ich mein ganzes Leben hindurch gehen müssen.

Ich sah das Kleine, Kümmerliche, Verdrießliche in einem viel dunkleren Winkel, als jener war, über welchen sich mein Mündel August Sonntag so sehr beklagt; das Heitere, Kindliche, Lächelnde, Anmutige, welches mein Freund Joseph selbst in seinen traurigsten Tagen zu geben hatte, ist mir von niemand gegeben worden. Niemals in meiner Kindheit durfte ich mich einer Freude wahrhaft erfreuen; jeden kleinen Genuß hatte ich durch List, Gewalt oder gar heimtückisch zu erhaschen; und wenn mein Körper in gleicher Verkrüppelung wie mein Geist aufgewachsen wäre, so würde ich heute in einer Marktbude oder in dem Glaskasten eines anatomischen Museums als eine recht sehenswürdige Merkwürdigkeit gezeigt werden. Ich wuchs aber ziemlich normal auf, bekam Zähne und ein scharfes Auge, wuchs schneller aus meiner

Kindlichkeit als aus meinen ersten Hosen und erlaube mir die Bemerkung, daß es ein interessantes, aber furchtbares Buch in der Welt geben würde, wenn es einmal einem Kinde – gleichviel welchem – gegeben wäre, seine Philosophie in ein System zu bringen und niederzuschreiben. –

Über mein Verhältnis zu der Tochter des Nachbars habe ich heute als Greis nichts weiter hinzuzusetzen, als daß ich nicht so töricht bin, mich gegen die Gewißheit, daß eine Vereinigung mit ihr ein großes Unglück gewesen wäre, zu sträuben. Ein dumpfes Bewußtsein der schrecklichen Fähigkeit, den Schwachen elend zu machen, habe ich eigentlich immer gehabt.

Mein Leben ist schlußrichtig nach den Prämissen verlaufen. Wenn ich meinen Augenblick des Triumphes hatte, so bin ich doch im Siege matt geworden und habe somit das Schicksal aller derer geteilt, welche nicht Heroen werden können. Nun ist die Zeit der Ausgleichung, die Linderung gekommen; ein langes, mühevolles Dasein hat mich müde und dadurch weicher gemacht; meine zweite Kindheit wird vielleicht um vieles glücklicher sein als meine erste, und jedenfalls werde ich nicht mit dem Geschrei aus der Welt scheiden, mit welchem ich sie betrat.

Immisericors, ohne Mitleid, auch gegen mich, werde ich jetzt meine Laufbahn bis zu den gegenwärtigen Stunden darlegen.

Denen, welche den wenigsten Genuß und Nutzen aus dem, was man gewöhnlich Glück nennt, zu ziehen verstehen, fällt dieses sogenannte Glück sehr häufig in größter Fülle zu: die Geizigen dürfen Geld nach Belieben aufhäufen, die Dummköpfe erhalten die schönsten Frauen und wohlklingendsten Titel, die Murrköpfe erhalten einen weiten Kreis gutmütiger, fröhlicher Menschen, welchen sie nach Kräften die Existenz ungemütlich und zu einer Qual machen dürfen; den Gleichgültigen und Stupiden werden auf Reisen alle Herrlichkeiten der Welt vorgeführt, und der Advokat Hahnenberg bekam eine Praxis, welche manchem geldsüchtigen, kinderreichen und ehrgeizigen Kollegen ein Dorn im Auge war.

Ich habe manchen Rattenkönig menschlichen Ärgernisses auseinandergerissen; ich habe durch manche lange Nacht die Fäden manches närrischen Wirrsals zu entwirren gesucht, während hundert angstvoll klopfende Herzen, ungeduldig in Hoffnung und Furcht, auf das Gelingen oder Mißlingen meiner Mühen warteten. Ich habe kühl über das Gebelfer und Gezerr liebender Verwandten, welche sich über eine Erbschaft zankten, hinweggesehen; ich habe siegreich erkämpfte Lumpen und Lappen jeglicher Art an meine Klienten verteilt; ich habe um Rittergüter und Menschenleben gestritten und habe Schlachten gewonnen, die mich hätten stolz machen können, wenn der Stolz ein Genuß für mich gewesen wäre; leider fand ich eine gewisse Befriedigung nur, solange der Kampf dauerte, nicht aber mehr, wenn er beendet war.

Das, was die Menschen »Glück« nennen, läßt sich niemals unter den Scheffel stellen, und so wurde auch mein Glück bald offenkundig und meine Arbeitskraft bekannt. So war's denn kein Wunder, daß bald Verdruß, Kummer, Kränkung, Unglück, Neid und Haß einzeln und haufenweise meine Türglocke zogen und von mir vor irgendeiner Erdengewalt vertreten sein wollten. Als das Apotheker-und Drogeriewarengeschäft Spierling und Kompanie Bankerott machte, war's mir zur Gewißheit geworden, daß ich binnen kurzer Zeit ein recht wohlhabender Mann sein werde. Ich trieb lustig vor dem günstigsten Winde dahin, während sich von dem Wrack des andern reichen und einst sehr seetüchtigen Schiffes kaum einige schlechte Planken und leere Tonnen retten ließen.

Nachdem der letzte Wimpel des Hauses Spierling versunken war, begann ich meine Vormundschaft über Joseph und August Sonntag mit dem festen Willen, sie zu einem guten Ende zu führen, wie ich es meiner Jugendliebe versprach; aber ich vermochte es nur auf meine Weise, und die Wirkung des Eisens auf den Sandstein wird stets dieselbe bleiben. Das erste kann den andern wohl modellieren und ihm alle möglichen Formen geben; aber es kann nimmer sein Wesen, seine Natur verändern. Ich sah ein, daß ich nur dem Kinde Karolines von wirklichem, bleibendem Nutzen sein könne, und danach richtete ich meine Handlungsweise ein.

Um des Kindes willen durfte ich den Vater nicht in zu behagliche Umstände versetzen; ich hielt eben die Schule, in welcher ich selber aufgewachsen war, für die beste und naturgemäßeste, und August Sonntag hat nur die *eine* Seite der Medaille gesehen und danach, wenigstens lange

Zeit hindurch, mein Wollen geschätzt und abgewogen. Auch das war naturgemäß, und es läßt sich nichts dagegen sagen.

Ich liebte dieses Kind, welches mir so plötzlich in meiner Einsamkeit auf die Arme gefallen war. Es kam mir vor, als wolle das Schicksal mir in diesem jungen Menschenleben eine Brücke zu einem freundlicheren Dasein schlagen; es konnte gewissermaßen die Versöhnung einer kranken Natur mit der Welt bewerkstelligen, und anfangs unbewußt, dann aber ganz klar, hatte ich das Mandat auch in diesem Sinne angenommen.

Mein ganzes Wesen hatte mich auf das Experimentieren mit den Dingen hingewiesen; ich fühlte mich stark – strenuus et audax –, und meine juristische Laufbahn war wohl geeignet, mich in meiner Selbstschätzung zu befestigen und zu stärken; ich wollte mein Mündel zum Menschen bilden, zum Menschen, wie ich ihn verstand – stark, kühn, gewandt und mitleidlos; zugleich war es aber meine feste Absicht, ihn glücklicher zu machen als mich; die Art und Weise freilich, wie der letztere Punkt ins Werk gesetzt werden sollte, war die dunkelste Stelle in meinem Erziehungsplan. Nicht mit rosenfarbiger Dinte schreibe ich dies Blatt; ich habe es mit allem sehr ernst genommen und will an diesem Ort gestehen, daß ich stets Bitterkeit auf der Zunge schmeckte, wenn ich den Mund zum Lächeln verzog. Da ich die Bitternis nie für das Unedelste auf Erden geachtet habe, so mußte ich fast unbewußt dafür sorgen, daß mein Mündel sie in vollen Zügen zu kosten bekam. Es war das Recht des Sohnes meines Jugendfreundes, mich anfangs für eine Art bösen Prinzips zu halten; was ich jedoch nach dem Tode Karolinens noch an Neigung zu vergeben hatte, das häufte ich auf diesen Kindeskopf, und während mich der Knabe für einen nahen Verwandten des Hoffmannschen Sandmannes nahm, wachte ich mit Argusaugen über seine Entwickelung und grübelte, ihm den Weg freizumachen.

Mit Bedachtsamkeit habe ich das Manuskript meines Zöglings gelesen und habe nichts dagegen zu erinnern. Es ist objektiv genug gehalten und gibt mir recht, wenigstens bis zu einem gewissen Grade. Daß die Lebenslinien und Anschauungen zweier vernünftiger Wesen nicht in alle Ewigkeit parallel nebeneinander herlaufen werden, weiß ich – halten ja das selbst die Herzen zweier Liebenden ungemein selten aus.

Ich verschaffte dem Vater August Sonntags die Mittel, die Arbeiten, welche ihn erhielten und den letzten kümmerlichen Funken von Selbsttätigkeit in ihm vor dem Erlöschen schützten. Ich hätte ihn freilich die gewohnte Traumexistenz fortspinnen lassen können, aber das lag nicht in meinem Plan, denn ich wollte das Kind des Träumers in meinen Kreis ziehen, und dazu gehörte die Dunkelheit, die Armseligkeit, ja sogar der Schmutz in jeder Beziehung. Künstlich mußte ich den Sohn Karolinens in der Wüste und Öde halten, welche mir zuteil geworden waren; aber es war meine Absicht, das Licht, die Freiheit, den Reichtum zur rechten Zeit kommen zu lassen; und wenn nicht alles so geworden ist, wie mein Schema es verzeichnete, so kann ich doch sagen, daß ich es war, welcher das Eisen in das Blut des Sohnes Joseph Sonntags legte und ihn vor dem Kryptogamenleben des Vaters bewahrte.

Ein eigentümlich erfreuliches Bild hat mein teurer Schützling von mir entworfen! Ich sehe mich leibhaftig in die Tür kommen, »sehr elegant, schwarz vom Kopf bis zu den Füßen, unhörbaren Trittes, hüstelnd mit seitwärts gesenktem Kopfe, kaum zu unterscheiden von dem Schatten der kommenden Nacht«. Etwas unheimlich ist das Ding jedenfalls, und die Vergangenheit steigt mir recht lebendig aus dieser Schilderung empor.

Wahrlich, ich war ein starker Mann! Ströme von Dinte hatten mich nicht ersäuft; ich stand fest in meinem philosophischen System – glatt und kugelrund und ohne die geringste Handhabe zur Bequemlichkeit des lieben Nächsten und Nachbars. Meisterlich spielte ich Schach, und der Verfasser des Buches vom Prediger Salomo hätte seine Lust an mir haben müssen: »Alles, was dir vor Handen kommt zu tun, das tue frisch; denn in der Hölle, da du hinfährst, ist weder Werk, Kunst, Vernunft noch Weisheit.«

Im harten Kampfe gegen die sanfteren Gefühle und Herzensregungen setzte ich mein Erziehungsexperiment fort. Es war wohl nötig, daß ich dann und wann die Kinderspiele unterbrach und meine schwarze Figur vor die bunte, märchenhafte Laterna magica schob. Das leichte, schnellflutende Blut der Eltern verleugnete sich nicht in dem Kinde. Der Mensch, den *ich* formen wollte, durfte nicht im phantastischen oder vielmehr phantasievollen Halbdunkel die Tage versitzen, durfte nicht sich diesen zauberischen Halluzinationen hingeben, welche den Geist fürs ganze Leben in eine feine blaue Wolke hüllen und ihn der Welt und die Welt für ihn zu einem mehr oder weniger reizenden, aber immer verschwimmenden, unbestimmten, unwahren Etwas machen können.

Der Erfinder des Coprosaurus Sonntagianus hat die kalte, knöcherne Hand, welche ihm auf dem Scheitel lag, vortrefflich beschrieben, und ich bedanke mich ganz gehorsamst dafür; aber ebendiese mitleidlose Hand hat ihm treffliche Dienste geleistet. Der schwarze Mann mit der kühlen, deutenden Hand im schwarzen Glacéhandschuh ist ein guter Wegweiser gewesen, und ihm allein hat es August Sonntag zu danken, daß er, als sein Vater naturgemäß unaufhaltsam sein trauriges Schicksal erfüllte und vorzeitig, viele Jahre zu früh, in die Schwachsinnigkeit des Alters und zuletzt in den Tod sank, sich aufrichten konnte, um die ersten Griffe der wahren Selbständigkeit in das Leben zu tun.

»Sein ›Freund‹, der Notar Hahnenberg, gab es auf, meinen Vater durch Vorwürfe oder Ironie zur Tätigkeit zu bringen, und ich, der Knabe mit der erwachenden Lust am Leben, an der Bewegung und Selbsttätigkeit, stand zwischen diesen beiden Männern in einer unbeschreiblichen Verwirrung der Gefühle«, schreibt mein Schutzbefohlener und ahnt nur dunkel, welch ein Lob er mir dadurch erteilt.

Gewiß war ich der *Freund* Joseph Sonntags, war's trotz jenes Blattes, welches ich vor dreißig Jahren mit *meiner* Verwirrung der Gefühle bedeckte; retten konnte ich ihn jedoch nicht, denn er war das andere Extrem, auch er bot im letzten Grunde der Welt keine Handhabe mehr: jeder Anstoß von außen wirkte auf ihn nur noch gleich einem Schlag auf ein Federbett.

Die Verwirrung der Gefühle des Knaben, welcher zwischen Vater und Vormund stand, war das erste Zeichen davon, daß mein Erziehungsplan anfing, Früchte zu tragen. –

Mein Mündel spricht davon, daß ich sein sittliches Wesen dermaßen zurechtgeschüttelt habe, daß er die Zähne zusammenbeißen mußte; – auch das war wohlgetan und hat sich – trotzdem ich meinen Willen nicht vollständig durchsetzte – in den Folgen so gezeigt. Wohl habe ich ihn »am Verstande gefaßt«, und wenn er heute kein großer Rechtskundiger und -kündiger ist, so ist er immer doch ein tüchtiger Arzt und Chirurgus, strenuus, audax, sollers et immisericors, geworden, welcher sich im Augenblick der Not nicht ziert und das Messer ergreift wie – wie – wir in der Zeit, als wir noch jung waren!

Es war gewiß nicht meine Sache, für das Herz und Gemüt meines Schützlings Sorge zu tragen; die lagen weich genug gebettet in dem Blute der Eltern, und meine Hand hätte noch viel kälter auf dem Haupte des Knaben lasten können: der milde, halb kindische Vater und die tote Mutter würden doch ihr Recht und Reich behauptet haben. –

Während ich so mein Mündel über die Kindheit glücklich weghob und im stillen mit ihm sehr zufrieden war, hatten sich meine eigenen äußerlichen Zustände im beschleunigten Verhältnis fortwährend, unaufhaltsam gehoben. Was ich unternahm, gelang; was ich wollte, geschah. Wenn ich mich früh in meine eigene seltsame Welt zurückgezogen und ihre Mauern mit Schleuder und Bogen gegen alle Angriffe verteidigt hatte, so war jetzt die Zeit gekommen, wo ich meine Tore weit aufsperren konnte, ohne Gefahr zu laufen, auf meinem eigenen Markt verhöhnt, verspottet und mißhandelt zu werden. Ich durfte meine Meinungen feilhalten, denn ich hatte Erfolg gehabt; ich besaß Diener, Hülfsgenossen, Kameraden, so viele ich nur wollte, ich hätte freien können, und die Besten, das heißt die Angenehmsten, würden mir auf meinem Wege gefolgt sein; – mein Spiel war dem Leben gegenüber gewonnen, aber ich hatte es mir selber gegenüber verloren: ich hatte als Kind, als Knabe, als Jüngling allein gestanden, ich stand allein als Mann, und ich hatte die Aussicht, als Greis allein zu stehen. Der Abgrund, welchen ich selber zwischen mir und dem Tage gegraben hatte, ließ sich durch die Mittel des Tages nicht ausfüllen; ich fand keinen Gefallen am Mann, und am Weibe auch nicht, wie auch Herr Rosenkranz mit Frau und Fräulein Güldenstern dazu lächeln mochten.

Mit wirklich geheimer Zufriedenheit beobachtete ich, wie mein Schützling anfing, immer unzufriedener, mißmutiger, wilder an seinen Ketten zu zerren; indem er mir als Gegner gegenüberzustehen glaubte, bildete er sich von Tag zu Tag mehr zu meinem Genossen. Ich hatte meine Berechnungen trefflich gemacht; die Gewißheit, daß ich mich in der Abwägung der guten und bösen Kraft in der Brust dieses jungen, mir anvertrauten Lebens um keine Unze geirrt habe, wurde immer klarer; und je näher ich den Augenblick sah, in welchem wir uns über den Abgrund die Hände reichen würden, desto fester hielt ich den jungen Vogel, der die Kraft seiner Flügel zu fühlen begann, an der Hülflosigkeit des Vaters. –

»Allen Gewalten zum Trotz sich erhalten« – jetzt galt es, dem in der Einsamkeit erzogenen Jüngling auch das Leben in den Gassen ohne Schminke und Beschönigung zu zeigen. Es galt, ihm den Gesellen an die Seite zu stellen, der jedes höhere Dasein verneinte, der mit Behagen in dem Sumpfe schwamm. Ich wußte, was ich tat, ich wußte, daß hier die Breite einer Messerschneide die Entscheidung geben werde; aber ich zögerte nicht einen Augenblick, und August Sonntag wird mir heute zugestehen, daß ich ihm keinen größeren Beweis meines Vertrauens geben konnte.

Auf dem Blatte aus dem Jahre achtzehnhundertneunundzwanzig erzählte ich, wie jenes vollberechtigte Bruchteil der menschlichen Gesellschaft, mein Schreiber Karl Pinnemann, gleich einer klugen Ratte mein leckes Schiff verließ: heute habe ich zu berichten, wie das, was damals etwas Zufälliges, Kleinliches, Gleichgültiges war, zu einem Verhängnis geworden ist.

Stets achtete auch ich die *Gelassenheit* für eines der höchsten Güter, welche der Mensch auf dieser Erde erringen kann, aber die Gelassenheit unter *allen* Umständen, die Gelassenheit *jedem* Wesen und Dinge gegenüber, die Gelassenheit in *jeder* Lage, sei sie bequem oder unbequem, drohend oder lächelnd, gut oder böse. Ich habe mir viele Mühe gegeben, diese schwere Kunst der Gelassenheit zu lernen; ich habe Gelegenheit gehabt, sie in tausend und aber tausend Verhältnissen zu erproben, und es hat lange gedauert, ehe ich nur verhältnismäßig als Sieger in dieser Beziehung aus den Konflikten, welche jeder neue Morgen bringt, hervorging. Wenn die Selbstüberwindung das Höchste ist, was der Mensch in ethischer Beziehung erreichen kann, so ist die Gelassenheit, die absolute Gelassenheit, eine sehr hohe Stufe der Leiter, von welcher der Mensch auf das Weltgewirr hinabsieht.

Ich bin manchen Naturen gegenüber gelassen geblieben, in Kollisionen, welche Tausende, Hunderttausende aus dem Gleichgewicht gebracht haben würden, und, wie seltsam es auch klingen mag, so sitze ich denn hier, um, die Feder in der Hand, zu erklären, daß ich niemals irgendeinen Menschen anders als – sehr sanft von mir gewiesen habe und daß ich auch in dieser Beziehung das Joch des Lebens mit Geduld trug. Karl Pinnemann ist mir sehr lieb gewesen als eine Studie, als ein sehr brauchbares Objekt sehr gefährlicher Untersuchungen. Und so bin ich denn auch gestraft worden, wie ich gesündigt habe: die ganz gewöhnliche, schuftige Mittelmäßigkeit nahm mir die Lupe aus der Hand, um sie mir an die Nase zu werfen.

Dieser Pinnemann, welcher, wie mein Mündel treffend bemerkt, uns überall zur Seite steht, uns überall entgegentritt, uns überall auf dem Fuße folgt, welchem man alles abkämpfen muß, um »zuletzt, selbst im Siege, mit der eigenen Persönlichkeit für den Sieg zu büßen«, dieser Pinnemann, der Coprosaurus der menschlichen Gesellschaft, war der Mann, welchen ich brauchte, um den Stahl im Blute August Sonntags zu erproben. –

Seit jenem hungrigen, dunkeln, sturmvollen Abend, an welchem der Schreiber an meiner Fähigkeit, mich im Leben fortzubringen, verzweifelte und mich aufgab, seit jenem Abend, an welchem Joseph Sonntag mich an das Sterbebett seiner Frau holte, seit jenem Abend hatte sich die Sonne, wie schon bemerkt, mehrfach darauf besonnen, daß sie im letzten Grunde doch verpflichtet sei, eine Rolle in meinem Leben zu spielen, worauf die kluge Ratte sofort die Überzeugung gewann, daß das verlassene Schiff doch wohl noch seetüchtig zu nennen sei und daß das überschnelle Überbordspringen und Fortschwimmen zum mindesten voreilig genannt werden könne. Ich hatte also das Vergnügen, von neuem mit Pinnemann in Verbindung treten zu dürfen; eines Morgens trat er wieder bei mir ein, und ich hielt es nicht der Mühe wert, ihm stumm mit der Spitze des Federbartes die Tür zu weisen; wenn ich ihm auch nicht seinen alten

Platz mir gegenüber zurückgab, so erlaubte ich ihm doch, mir in alter Weise die Neuigkeiten der Stadt zu erzählen. Ich bin immer sehr neugierig gewesen.

Pinnemann weinte Dank-und Freudentränen; denn es war nunmehr schon keine Kleinigkeit für einen Burschen seines Gelichters, in meinem Büro Zutritt zu haben; es fielen Knochen ab, die er in seinen Winkel tragen konnte; mit dem »dreimal höheren Licht« aber konnte ich ihn in jedem beliebigen Augenblick in die Tiefe hinabwerfen. Vollkommen richtig faßte er auch mit einem bewunderungswürdigen Instinkt seine Stellung auf; er wußte, daß er, wie der Ratgeber eines persischen Königs, auf einer Goldplatte stand, welche er zum Geschenk bekam, wenn sein Wort dem Autokraten gefiel, von der er aber herabgeworfen wurde, um Prügel in Empfang zu nehmen, sobald er sich im mindesten vergaß oder Ungefälliges redete.

Dieser Mensch war mir das Barometer der Gemeinheit des Tages; seine Worte und Werke hatten nicht den kleinsten Einfluß auf meine Anschauungen und Gefühle; ich gebrauchte ihn, wie man ein Wetterglas benutzt, und eine ähnliche Bedeutung sollte er für meinen Schützling in der dunklen Kellerstube gewinnen.

August Sonntag hat nicht geahnt, daß er unter der strengsten Aufsicht der Führung des Agenten anheimgegeben war, er hat es nicht gewußt, daß ich stets wachsam hinter ihm stand, daß in dem Augenblicke, wo die Gefahr des Strauchelns am größten, die helfende, haltende Hand, wie im Sprichwort, auch am nächsten war. Aber auch ich hatte keine Ahnung, keinen Begriff davon, daß in dem Moment, wo ich meinen Plan und die Erziehung des Mündels vollendet glaubte und den Schüler in meinen innersten Lebenskreis einführen wollte, eine noch stärkere Hand als die meinige ihn mir entreißen könne. Es war ein sehr harter Schlag, als jener blindgeborene Knabe plötzlich, unwiderruflich den Sieg über mich, alle meine Sorgen und Wünsche errungen hatte und mir nichts ließ als meine selbstgeschaffene Einsamkeit und den Agenten Karl Pinnemann! –

Meine Geschwister waren im Laufe der Jahre gestorben, nachdem die Mädchen verständigerweise ihr kleines Erbteil einer Stiftung für alte Jungfern und der Tierarzt seine Schulden mir vermacht hatten. Wenn aber an dem Begräbnistage Joseph Sonntags der Sohn Josephs in meine Seele hätte sehen können, so würden wir auf eine andere Weise oder gar nicht voneinander geschieden sein.

Die uralte Sage vom Turmbau zu Babel wiederholt sich noch jeden Tag; die meisten Menschen vermeinen unter günstigen Umständen ihr Glück so hoch auftürmen zu können, daß sie von seiner Spitze die Engel im Himmel singen hören; ich jedoch habe zu keiner Zeit meines Lebens zu diesen phantasiereichen Naturen gehört, ich habe nie das Glück, den Glanz und Ruhm eines Erdenbürgers beneidet, denn ich schätzte mich in dem Kreise meiner Arbeit jedem gleich: auf diesen blinden Bettler, diesen Friedrich Winkler bin ich eifersüchtig, eifersüchtig im höchsten Maße, verloren eifersüchtig gewesen.

Dies war der einzige Mensch, der mir nicht nur in meinen Erziehungsversuchen, der mir überall die Spitze bieten und gleichberechtigt entgegentreten konnte, und er hatte gewonnen, ohne daß eine Appellation an eine höhere Instanz möglich gewesen wäre.

Mein Mündel war vor dem Schicksal der Eltern bewahrt, er war stark gemacht vor der Welt; aber nun war diese Stärke doch eine andere geworden als die meinige – der Jüngling, dessen Schicksal ich unauflöslich mit dem meinigen verknüpfen wollte, ging seinen eigenen Weg – einen Weg, auf den ich ihn gewiesen hatte, auf welchem ich ihm aber nicht folgen konnte, auf welchem ich ihn einem andern – einem *bessern* Führer überlassen mußte.

Wie August Sonntag es schilderte, verließ ich die Gräber Josephs und Karolines am Arme Pinnemanns; ich fühlte mich auch körperlich gebrochen und konnte diese Stütze nicht entbehren. Das Buch meiner Rechtfertigung aber ist hiermit abgeschlossen, und wie ich das Buch meines Lebens vor dreißig Jahren unbefangen im eigenen Ton niederzuschreiben begann, so mußte ich es heute in einem andern Tone fortsetzen und beschließen. Zu dem, was nach jenem Begräbnistage geschah, kann ich die alte Leier wieder um ein beträchtliches herab-oder heraufstimmen! Beides ist mir gestattet; oder vielmehr zu beidem habe ich das Recht.

Wie wir uns drehen und wenden, unser Leben, wenn nichts mehr daran zu rütteln und zu regeln ist, zurechtzulegen! Wir suchen das ganz Gewöhnlichste zu einem Symbol zu machen, um endlich dadurch doch noch zu einer matten Befriedigung zu gelangen. Wie die Dichter und Geschichtsschreiber für die Handlungen ihrer Helden gern tiefsinnige und weitausgreifende Motive suchen und finden, so suchen und finden wir die Motive der Entwickelung unserer eigenen Persönlichkeit und glauben um so objektiver zu sein, je subjektiver wir den Schlafrock um unsre alten Knochen geschlagen und je bequemer wir uns im Großvaterstuhl zurechtgerückt haben. Es gab eine Zeit, wo wir eine sehr gute Meinung von uns hatten, wo hohe Illusionen uns auf Schritt und Tritt umspielten – was ist daraus geworden? Wir waren prachtvolle Gesellen, jeder in seiner Art, das unterliegt keinem Zweifel; aber selbst die Memoiren von Sankt Helena sind ein etwas abgeschmacktes Buch und von wenig Wert für die Geschichte des Verfassers, und zuletzt ist das nicht einmal unsere Schuld, liebste Frau Mathilde Sonntag; wir sind allesamt schwache Sterbliche, ob wir uns über Pinnemann oder die hohen Alliierten und die Heilige Allianz aufhalten. Wir rechnen mit den Wellen, Schaumspritzen und Blasen des Meeres, selten aber mit dem Meere selbst ab. –

Hier sitze ich und wundere mich immer mehr. Ist es erlaubt, hat man das Recht, im Alter so weich zu werden, oder bin ich aus einem abnormen Zustand in den andern gefallen? Es wäre mir sehr angenehm, wenn ich an dem heutigen Abend den Schein meiner Lampe weit über den gewöhnlichen Lichtkreis hinaus ausbreiten könnte. Es ist recht lebendig in den Schatten, welche mich nach allen vier Weltgegenden hin umgeben, aber ein klein wenig gespenstisch-lebendig; es wimmelt da undeutlich madenhaft eine generatio aequivoca, welche ich nicht gern meinem armen, magern Leibe näher haben möchte. Der Bischof Hatto von Mainz auf seinem Turm im Binger Loch ist mir augenblicklich etwas mehr als eine liebliche Sage der Vorzeit; sehr gut kann ich mich in seine Gefühle versetzen, und sie sind nicht lieblich. Das knuspert und knaspert, das rauscht und rasselt und pfeift und nagt sehr bedenklich; – man verliert allmählich alles Vertrauen auf die felsenfesten Mauern, die eisernen Türen, die engvergitterten Fenster. Schon regt es sich im Wandschrank und tanzt unheilverkündend um den stoischen Laib schwarzen Brotes und den philosophischen Wasserkrug, und was das schlimmste ist, das Gezeug geht mehr in keine der sophistischen Fallen, die sonst so gute Dienste leisteten. Was würde der Notar Hahnenberg beginnen ohne die »Meinung« der Frau Mathilde Sonntag? Vor den Bildern, welche der Wunsch mit sich bringt, in gleicher Weise sein Leben als seine Meinung zu geben, hält kein Gespenst stand!

Ach, wer doch auch in dem Rektorhause zu Hohennöthlingen geboren worden wäre und so schöne Puppen, soviel frische Luft und Sonnenschein und so viele liebenswürdige Schwestern und Schätze der Schwestern zur Verfügung gehabt hätte, Frau Mathilde! Wenn du Latein oder Griechisch verständest, Mathilde, könnte ich dir vieler gelehrter, längst vermoderter Männer Zeugnis dafür anführen, daß es schon seit undenklichen Zeiten Leute gab und gibt, welche ganz den nämlichen Wunsch gehegt haben. Nur die ganz und gar Verdienstvollen, zum Exempel solch ein kleines niedliches, naseweises Mädchen, erhalten das Beste, und wenn es ihnen in den Schoß gefallen ist, halten sie das noch gar für etwas Selbstverständliches und sitzen auf der Bank vor ihrer Mutter Tür, um die mißgelaunte, langweilige, mühsam im Schweiß ihres Angesichts vorbeipassierende Menschheit auszulachen. Wahrlich, Frau Mathilde Sonntag geborene Frühling, wir wollen unseres Glückes uns freuen; es kann leider nicht jedermann im Rektorhause zu Hohennöthlingen geboren werden und zu guter Letzt, um allem die Krone aufzusetzen, den Erfinder des Coprosaurus zum Mann bekommen. Die Erdenbewohner werden gewöhnlich in viel verdrießlicheren Winkeln ans Licht oder besser ins Dunkel gesetzt und müssen sich mit dem eben genannten Wurm selber herumschlagen, ihr ganzes Leben durch, und die Ausnahme, liebe Mathilde, machte noch niemals die Regel, sondern beweist sie nur. Ich habe an dieser Stelle meinem Freunde Pinnemann das Kompliment zu machen, daß er sein möglichstes tat, um mich über jenen dem Begräbnis Joseph Sonntags folgenden Teil meiner Existenz leicht und bequem hinwegzuheben.

Ich war zu alt und nicht sentimental genug, um dem dummen jungen und mündigen Mündel nachzubluten wie einer abgeschiedenen oder anderwärts etablierten Geliebten; ich konnte ihn nur laufen lassen und in wenig veränderter Weise fortleben, wie ich gelebt hatte, halte es auch unter meiner Würde, pathetisch zu versichern, daß mit diesem Faktum die letzte Faser, welche mich noch mit der Menschheit verknüpfte, abgerissen sei. Ich arbeitete fort, das heißt, ich setzte in der gewohnten Weise meine Persönlichkeit dem wimmelnden Allgemeinen entgegen, nur wurde der Kampf immer mechanischer; denn da der Zweck jetzt mit meinem Leben endete, so mußte mit den kürzern Tagen, den dunkleren Schatten die große, kahle, leere Gleichgültigkeit mehr und mehr die letzte Lust an der Bewegung verdrängen. Nachdem eine Reihe bedeutender Prozesse abgewickelt und zu Ende gebracht war, gab ich meinen Klienten die Akten zurück und wies jede neue Arbeit ab und die Arbeitgeber an jüngere Kollegen, welche noch mehr Spaß und Befriedigung an der Sache fanden. Nur ein einziges verwickeltes Monstrum behielt ich für mich, in der Furcht, allzusehr an das widerliche, monotone Schnurren des Spinnrades der Frau Justitia gewöhnt zu sein, um nicht gleich einem Müller beim Stillstand seiner Mühle in ein neues Unbehagen zu versinken. Neunzig Jahre und mehr hatte sich dieser Streithandel hingeschleppt, und der erste Advokat, welcher eine Feder dafür eintauchte, trug eine Allongeperücke und Schnallenschuhe und unterzeichnete Notarius publ. caesareus. Er schrieb eine gute, feste Hand, aber sie wurde zitteriger, undeutlicher von Faszikel zu Faszikel und verschwand; eine andere Handschrift hatte sie abgelöst, welcher wieder eine andere folgte, bis endlich die meinige sich einschob, um wieder durch Jahre und Jahre den alten verdrießlichen Unrat weiterzuschleppen. Das Streitobjekt war längst zur Nebensache geworden, nur sein Gespenst lag wie ein unabwerflicher, tödlicher Alp auf der Brust eines neuen Geschlechtes, welches gewinnend oder verlierend nur Schaden und Verdruß zu gewärtigen hatte. Die Völker Europas hatten seit Beginn dieses Prozesses ganz andere Händel auszufechten gehabt und waren damit gut oder übel zu Ende gekommen; diese Narrheit aber schien zu keinem Ende gelangen zu können, und was das schlimmste war, die streitenden Parteien waren gezwungen, den Hader bis zum letzten Spruch fortzusetzen. Was aber andern das Schlimmste sein mochte, das war mir das Gelegene; jahrelang hatte ich in dem entsetzlichen Staub und Wust dieses Handels gewühlt und mich ebenfalls nach dem Ende gesehnt; nunmehr aber fing ich, abgelöst von allem andern, an, mich mit dem aus diesen Aktenblättern emporsteigenden, lächerlich-tragischen Geiste auf sehr freundschaftlichen Fuß zu stellen; und der Tag, an welchem der mit dem Schweiß und Blut fast eines Jahrhunderts zusammengedrehte Strick durch den hohen Deutschen Bund seltsamerweise und ganz gegen jedermanns Erwartung abgeschnitten wurde, war ein Unglückstag für mich. An dem Tage, an welchem ich diesen Prozeß, beinahe gegen meinen Willen, gewann, horchte ich meinem Barbier und dem Agenten Pinnemann zum erstenmal ohne jene Ironie, welche die Gesunden, die Starken, die Götter auszeichnet. An diesem Tage war ich zum erstenmal krank, krank in der schlimmsten Bedeutung des Wortes, und verfiel nicht den Banden der Unterirdischen, sondern der gemeinen und doch so unabweislichen Macht dessen, was zwischen dem Tartarus und dem Olymp kriechend sich nährt, gleich mißachtet von der Tiefe wie von der Höhe.

Ich war müde – unsäglich müde; der Moment der Erschlaffung, welchen ich seit so langer Zeit langsam hatte herankriechen sehen und vor welchem ich mich in stillen Nächten oder noch schlimmer in stillen Minuten an wilden, geräuschvollen Tagen mitten in der sich überstürzenden Arbeit so sehr gefürchtet hatte, war herangeschlichen, war da – ich fühlte es in allen Knochen und Seelenfasern. *Hier* lag die Ironie und die Strafe, August Sonntag! Daß du persönlich »sieghaft« eingriffest, war weiter nicht nötig, wenngleich ich den Wunsch, den du weiter oben deiner Frau ausdrücktest, ganz natürlich finde. –

Die mächtige Göttin Gelassenheit entfaltete ihre Flügel und entfloh. Sie, die flüchtigste aller Göttinnen – flüchtiger selbst als das Glück, die Jugend und die Schönheit –, zeigte sich auch als die undankbarste. Sie entschwand, ohne die geringste Rücksicht auf die vielen angenehmen Leidenschaften zu nehmen, welche ich ihr mühselig zum Opfer gebracht hatte!

Bedürfnisse, welche mir bis jetzt fremd gewesen waren, stellten sich allmählich ein; verachtete Verhältnisse gewannen plötzlich Bedeutung, und manches, was ich lächelnd zu meinen Füßen sah, zeigte mir jetzt dräuend die Fäuste und Zähne. Ich fing an, meinen Puls zu fühlen und an die Kunst der Ärzte zu glauben; alles in allem genommen, wurde ich menschlicher, aber auch zugleich unglücklicher – unedler. Vielleicht wäre es jetzt ein Glück gewesen, wenn ich mich an irgendein bequemes Laster hätte klammern können, und ich versuchte das. Naturgemäß, instinktmäßig griff ich den Geiz heraus und bildete mir eine kurze Zeit lang ein, in ihm das fehlende Gewicht für die eine leer gewordene Schale der Waage des Daseins gefunden zu haben. Leider sah ich bald ein, daß ich in einer angenehmen Täuschung befangen gewesen sei – der Versuch schlug glänzend fehl; ich besaß keine Anlage, den Hund mit den tellergroßen Feueraugen über der Geldkiste im Keller zu spielen. So setzte sich denn die Indolenz, die schlechtere Schwester der Gelassenheit, an meine Seite, und der Augenblick, wo sie den Platz den Kusinen Gleichgültigkeit und Unempfindlichkeit überließ, konnte nicht fern sein: Pinnemann war mir jedenfalls schon unentbehrlich geworden.

Pinnemann hatte das Schachspiel erlernt, um mir, auch nach dieser Seite hin, seine Existenz zu einem Vergnügen zu machen. Je älter ich wurde, desto jugendlicher schien *er* zu werden; er wuchs immer höher über sich hinaus, je weniger Widerstand ich seiner Zärtlichkeit entgegensetzte; nie kam er, wenn seine Gegenwart lästig sein mußte; er war immer zur Hand, wenn ich sie erträglich – wünschenswert fand. Er gab mir nie Anlaß zu bemerken, daß unsere gegenseitige Stellung eine andere geworden sei; ich durfte noch immer mit ihm spielen wie die Katze mit der Maus, wie Friedrich der Große mit seiner witzigen französischen Tischgesellschaft, und so – gewann er den Sieg, und so vergaß ich, wie mein Mündel, der Doktor Sonntag, und der Geheimrat von Goethe sich ausdrückten, das Zauberwort, welches den Besen wieder zum Besen macht; so ward Pinnemann der Herr und August Hahnenberg der Diener. Ganz logisch setzte ich Fuß vor Fuß, ganz langsam und bequem kam ich den Berg herunter, und als eines Tages der Herr Agent Pinnemann, um »nötigenfalls bei dem betrübten, kränklichen Zustande des Herrn Notars schnell zur Hand sein zu können«, in mein Haus gezogen war, fanden ich und die Welt auch darin keinen Grund zur Verwunderung. Daß Hohennöthlingen sich noch darüber wundern könne, lag außerhalb meiner damaligen Anschauungsweise; daß es daran Anteil nehmen mußte, kam erst später zur Erscheinung. –

Wie oft richtet sich der altgewordene Mensch am Morgen aus seinen Kissen empor, um sich zu ärgern, wieder einmal aufgewacht zu sein! Wer eine Tabelle darüber führte, würde gewiß zu einem sehr trübseligen Resultat gelangen und die erhöhte Befähigung, dem gesunden, traumlosen Schlaf eine Lobrede zu halten, teuer erkaufen!

Es ist merkwürdig, welche entsetzlichen Gesichter die gewöhnlichsten Gegenstände, welche in dem allergemeinsten Hörigkeitsverhältnis zu uns stehen, schneiden können, einerlei, ob die Frühlings-und Sommersonne durch das Fenster scheint oder der Regen und Schnee des Winters an den Scheiben niederrieselt. Hundert Gespenstererscheinungen richten sich mit uns bei einem solchen Erwachen aus den Kissen auf: das Waschbecken erinnert einen an ein prachtvolles, stilles, abgelegenes Fleckchen, überzogen und umgeben von Lemna trisulca, schwimmender Igelknospe, Wassernabel, Wasserfedern und Riedgras, wo niemand uns unter den überhängenden Weiden suchen wird, bis es sich nicht mehr der Mühe lohnt, uns zu finden. Das Rasiermesser wird zu einer Schicksalsmacht, welche es auf etwas anderes abgesehen hat als auf die grauen Stoppeln unseres Bartes, und der Nagel hinter der Tür, an welchem der Schlafrock hängt, bekommt einen sehr dicken Kopf und eine sehr ungemütliche Fratze, welche die Zunge herausstreckt gleich einem Gehängten und wenig mit den Leiden und Freuden des kommenden Tages zu tun hat. Zur allertödlichsten Feindin aber ist ganz unmotivierterweise die Uhr geworden, und der Lümmel von bronziertem Amor, der neben dem Zifferblatt lehnt, zielt mit einem Lächeln auf uns, welches die Identifizierung des blinden Knaben mit der legitimen Fortdauer des Menschengeschlechtes zu einem niederträchtigen Hohn macht. Daß das Hin-und Herschwingen des Pendels in solcher Stimmung einen unsäglichen Reiz für uns haben muß, braucht kaum noch gesagt zu werden. –

»Er ist da, er ist da! Der Möbelwagen hält vor der Tür, Herr Notar!« rief meine Haushälterin, Madam Feuchtenbeiner, aufgeregt atemlos den Kopf in mein Zimmer steckend. »Der Herr Agent werden sogleich nachfolgen.«

»Gesegnet sei sein Eingang und Ausgang; – ich habe nichts dagegen«, sprach ich und fügte hinzu: »Vergessen Sie meinen Haferschleim nicht, Madam Feuchtenbeiner.«

Die Madam machte eine Bewegung gegen mich, als ob sie ein Wickelkind auf und an ihr Herz nehmen wolle, und verschwand; fünf Minuten später machte mein neuer Hausbewohner mir seine Aufwartung; nach einer Unterredung von zehn Minuten entließ ich ihn mit der Bitte, meinen guten Ruf nicht allzusehr zu vergessen, und er verschwand mit den gleichen Gesten wie die Madam.

»Er wollte es nicht besser haben!« würde Mathilde gesagt haben; mit welchem Recht, wollen wir dahingestellt sein lassen. –

Es kann sehr ungemütlich werden, durch halbgeschlossene Augenlider die Zimmerdecke oder das Tapetenmuster der Wände zu betrachten. An und auf beiden Flächen können mannigfaltige Gestalten und Bilder vorübergehen, endlose Reihen von dagewesenen und nicht dagewesenen Dingen, spukhafte Schatten der Zukunft. Ehe wir gestern abend ins Bett krochen, beleuchteten wir törichterweise unsere Nase im Spiegel – da liegt's! Die ganze Nacht hindurch schlugen wir uns mit dem lächerlichen, in gelben Flanell gewickelten Wesen, welches uns aus dem Glase entgegenblickte, herum. Wir hatten ihm zu beweisen, es sei der Papa Spierling aus der Apotheke zur Königin von Saba oder sonst so eine unberechtigte, hinfällige Wackelköpfigkeit; es aber behauptete hüstelnd und zeternd, Hahnenberg sei sein Name, Notar August Hahnenberg, und seine Personalakten befänden sich in vollkommener Ordnung und man kenne es in der Stadt und es habe sich seines Rufes nicht zu schämen. Wir hielten uns die ganze Nacht hindurch an den Kehlen, nachdem wir von Worten zu Tätlichkeiten übergegangen waren; wir zausten und zerrten uns hin und her, wir wollten einander aus dem Bette werfen; es klapperte des unverschämten Widersachers dürres Gebein, immer lustiger und siegesgewisser; – – ich fühlte die beiden magern Knie des Papas Spierling in ihren ekelhaften, abscheulichen, schmutzgelben Flanellfutteralen wie zwei Schraubstöcke auf der Brust; die giftige, spitze Nase bedrohte meine Augen gleich dem Schnabel eines Raubvogels, der Atem entging mir, mit hellem Wehgeheul erklärte ich mich für besiegt und die Philosophie des »Ich bin Ich« für eine Narrheit – – die Sonne schien auf mein Bett, und ich saß aufrecht in meinem Bette; die Sonne schien auf die geballte Faust, mit welcher ich soeben noch den Schwiegervater meines seligen Freundes Joseph von mir weggedrückt hatte; es war *meine* Faust, und es war die Faust des nächtlichen Spukgeistes mit all ihren fleischlosen Knochen, ängstlich hüpfenden Adern, Runzeln und Rissen; – ich bin doch Ich!

Da ist er. Da sitzt er. Er hat an die Tür geklopft, während ich, betäubt und zerschlagen vom nächtlichen Kampfe mit dem höhnischen Spiegelbilde, fast bewegungslos liege, um meine Gedanken und Gliedmaßen zusammenzusuchen. Ich rief nur allzugern »Herein!«, und er kam tänzelnd und lächelnd mit unzähligen Bücklingen; – Pinnemann! – er bringt seine eigene Atmosphäre mit sich; es ist der Duft der Gasse, aber es ist auch zugleich der Duft des Lebens, dessen wir selbst in dem Augenblick noch, wo wir im Begriff sind, uns den Hals abzuschneiden, bedürfen.

Da sitzt er neben meinem Kopfkissen, ganz wie ihn die Frau Mathilde sah: so glatt rasiert und glatt frisiert, so gemein-vergnügt, so hohl und nußknackerhaft, mit Ringen und Ketten und Busennadel, mit dem unanständigen Elfenbeingriff eines zierlichen Stöckchens um die Lippen, die Nase und das feiste Kinn spielend, gesund, bestens konserviert, ein wohlverdauender, heiterer Jüngling, trotz seiner wohlgezählten achtundvierzig Lebensjahre. Das ist so etwas ganz anderes wie unser Wesen, unser Leben, wie unser Erwachen und vorzüglich etwas ganz anderes als unsere Morgenstimmung! Er läßt sich durch die halbgeschlossenen Augenlider viel besser betrachten als die Wände und die Decke; alles an ihm hat eine so wunderliche, so närrische Geschichte, und das zieht uns so beruhigend von unserm innersten Dasein ab, indem es uns zu gleicher Zeit darin recht gibt. Diese Perücke, dieses Augenglas! Ist es nicht besser, sich zu fragen, was unter der erstern vorgehe, wie die Welt sich durch das zweite ansehe, als sich von dem Papa Spierling, der vor dreißig Jahren begraben wurde, über seine Identität zweifelhaft machen zu lassen? Man hat es ja, wenn man je einen Wert darauf legte, längst aufgegeben, an jeden Vorgang eine Moral zu hängen und die Beispiele des Guten und Sittlichen allem, was draußen vor der Tür passiert, um den Kopf zu schlagen: so lauscht man denn mit Behagen dem Geplätscher der Tagesneuigkeiten wie einem Bache, dessen Geräusch bekanntlich seit undenklichen Zeiten als das Nonplusultra aller Einschläferungsmittel von den Poeten der prosaischen Mehrheit der Erdenkinder empfohlen worden ist.

Und Pinnemann bericht liebkosend den Elfenbeingriff seines Rohrstöckchens, und Pinnemann blinzelt und spielt mit der Zunge um den Rand der Lippen und macht sich gar keinen Ruhm daraus, daß er auf unsern gestrigen Wunsch bereitwilligst unterließ, sich mit Moschus und Zibet einzureiben. Er führt nur einen leisen, nicht auffälligen Duft von Eau de Cologne mit sich; er ist so bescheiden, so hingegeben und hat so vieles mitzuteilen. Er weiß alles, und es wird zu einem wahren Genuß, das Universum sich in dieser Lache spiegeln zu sehen! Mit aller Behaglichkeit öffnet er seine Seele, so offen, so rückhaltlos, so vertrauensvoll, daß dereinst den drei Richtern der Unterwelt die Tränen in die Augen kommen müssen; und wenn er uns seine Meinung über den Stand der gegenwärtigen Politik mitteilt, so haben wir trotz all seiner kindlichen Bescheidenheit Ursache, auf diese Meinung zu achten; denn Hunderttausende, ja Millionen stehen hinter ihm, und die »Times« haben kein feineres Verständnis für den Augenblick als er. Auf alle Fragen hat er die Antwort bereit, der Katalog der Kunstausstellung ist ihm so geläufig wie der Kurszettel, er war gestern morgen bei der Hinrichtung und gestern abend bei der Aufführung der neuen großen Oper zugegen; wie die heutigen Römer macht er aus jedem irgend passenden Monument ein Immondezzajo, und er wird um so possierlicher, je pathetischer er sich zu erheben glaubt. –

Ich höre wie gewöhnlich den Strom der Bevölkerung rauschen, aber ich habe meine Dämme gegen ihn aufgerichtet; was ich noch davon näher zu haben wünsche, destilliert mir Pinnemann tropfenweise in einen klaren, durchsichtigen Apothekerkolben, in ein Wasserglas, welches ich vor mich auf den Tisch stellen kann, ohne daß ich mich im Lehnstuhl zu rühren brauche; – die Zeit, da ich mich selbst regte und atemlos meinen Karren schob, weicht mit wahrhaft wundervoller Schnelle in die undeutlichste Ferne zurück; noch ein kleines, und die Wirklichkeit wird vollkommen in den Worten Pinnemanns aufgehen; – man kann sich nichts Bequemeres, nichts Beschaulicheres vorstellen! –

Alles traf zusammen, mein Leben zu wahrhafter Befriedigung abzurunden. Ich hatte selbst geliebt, ich war in manchem Ehescheidungsprozesse tätig gewesen; nun sollte es mir vergönnt sein, den Prozeß einer wahrhaft glücklichen Liebe unter meinen Augen sich entwickeln zu sehen. Lächelnd hatte ich mich um die Ursache der freudigen Aufregung meiner Haushälterin, der Madam Feuchtenbeiner, beim Einzug des neuen Hausgenossen gefragt; sie war zu natürlich, um ihren Grund in einer unnatürlichen Sorge für mein häusliches Wohlbehagen haben zu können, und der tiefinnerste Bodensatz des Jubels trat auch bald zutage; man war bereits darüber einig, daß aus meinen Ruinen ein neues Leben sprossen könne und müsse. Diese beiden Diadochen hatten schon vor dem Tode Alexanders des Großen das weltliche Besitztum desselben geteilt, und es machte mir Vergnügen, ihren süßen Hoffnungen die zarten Triebe nicht abzuknicken: solche Hoffnungen sollen ja das Schönste sein, was das Leben den Menschen zu bieten hat.

Man konnte nicht behaupten, daß diese meine Madam zu den Jüngsten, den Anmutigsten ihres Geschlechts gehöre, und Aphrodite hätte eine sehr umfangreiche Person sein müssen, wenn ihr Gürtel zum Umspannen der mehr als junonischen Reize meiner Haushälterin ausgereicht haben würde. Ich bin aber auch fest überzeugt, daß Madam Feuchtenbeiner den Agenten Pinnemann ohne Entlehnung und Beihülfe dieses zauberischen Gürtels, von dem es in der Vossischen Übersetzung der »Ilias« heißt:

> Dort war schmachtende Lieb und Sehnsucht, dort das Getändel,
> Dort die schmeichelnde Bitte, die auch den Weisen betöret,

einfing.

Pinnemann war nicht nur ein wohlkonservierter, sondern auch ein gescheiter Mann und kannte ziemlich genau die besten Wege, mit fremden Kapitalien den eigenen friedlichen, behaglichen Herd zu bauen.

Wie man nach einem arbeitsvollen, mühseligen Tage am Abend im Theater sitzt, um einer albernen Posse zuzusehen, so saß ich jetzt, und auch nur mit demselben Interesse, an dem Gezappel, den Verrenkungen der Marionetten. Ich wußte, daß ich, vor Millionen hochbegünstigt, das Glück gewonnen hatte, stillsitzen zu dürfen, und hatte keine Ahnung, daß noch irgendein gewagter Purzelbaum der bunten Puppen, eine neue phantastische Dekoration oder eine glänzende bengalische Flamme mich aus meinem Halbschlaf emportreiben könne. –

O Frau Mathilde, es war im Buche des Schicksals geschrieben, daß wir einander kennenlernen sollten. Wir sitzen jetzt zusammen in einer Loge, ein ganzes Häuflein, und horchen auf die Geigen und Klarinetten, die Trompeten, Pauken und Posaunen, den großen Baß nicht zu vergessen. Es ist doch angenehm, junge Herzen neben sich zu haben, junge Leute, welche noch elektrisiert aufspringen können, um Bravo und Dakapo zu rufen, welche während der rührenden Stellen ihre Tränen ohne Scheu zeigen oder wenigstens sehr ostensibel ihre Taschentücher gebrauchen!

Der Purzelbaum kam an der rechten Stelle. Auf die Zeit des ungetrübten, sonnigen Glückes der ersten Liebe folgte ein verschleierter Horizont, welcher es zweifelhaft ließ, was aus dem Wetter werden würde; sodann stieg von irgendeinem moralischen Moorbrennen ein verdächtiger Dampf auf, welcher die Landschaft, wo so viele zarte Gefühle in schönster Blüte standen, unheimlich überzog: die Madam Feuchtenbeiner litt wochenlang an Kopfweh. Endlich fing es leise an, in diesen Höhenrauch hineinzuregnen, dann wurde das Wetter noch einmal acht Tage lang ziemlich klar, bis plötzlich in einem gewaltigen Donnerwetter und Sturmwind die Elemente ihren Leidenschaften den Zügel schießen ließen: in aufgelöstester Furienhaftigkeit stürzte die Madam Feuchtenbeiner in mein Studierzimmer.

»Es ist heraus! Es ist heraus! O der Bösewicht! Der Hanswurst! Der Spitzbube! Der abscheuliche Spitzbube! Und ich habe für ihn gesorgt wie eine Mutter, und ich habe ihn immer hereingelassen, wenn er Sie sprechen wollte, Herr Notar, und nun ist es heraus –«

»Ich bitte, Madam –«

»Jawohl, Herr Notar; liebster Herr Notar« (mit einem Faustschlag auf die Folio-Ausgabe von Montaignes Werken von 1640), »hier ist der Knorpumjuris, darin steht's, ich kenne ihn an seiner Dicke, und ich habe auch Ihnen diese ganzen lieben langen Jahren abgewartet wie eine Mutter, Sie müssen mir vertreten vorm Gericht, denn daß ich ihn verklage, das steht fest, und aus dem Hause muß er mir auch, auf der Stelle! O Gott, o Gott, und das will eine Menschheit sein, und das deklamiert dem Schiller: ›Ehret die Frauen‹ und ›Freude schöner Götterfunken‹ und dem Heine: ›Du bist wie eine Blume‹, und wer weiß was sonst noch! Oh, der Halunke, die Augen kratze ich ihm aus und dem Frauenzimmer, der schlechten, schlechten Person auch!«

Es hatte sich manche Woge an mir gebrochen, auch diese brach sich, und ich erfuhr die Ursache des Getöses.

»Unmöglich!« sprach ich. »Madam Feuchtenbeiner, es ist unmöglich! Ich kenne das menschliche Herz, und ich kenne den Magen des Menschen. Beruhigen Sie sich, Madam; die Erfahrung mehrerer Jahrtausende spricht gegen die Möglichkeit eines solchen Phänomens.«

»Jawohl, Phänomen!« schrie die Madam. »Grade so hat er das Frauenzimmer genannt! Er hat's mir ins Gesicht gesagt, und alle meine Güte und Liebe ist weggeworfen, und ich will's zu meiner Schande gestehen, er hat den Schlüssel zum Weinkeller! Aber nicht wahr, Herr Notarius, er muß aus dem Hause, auf der Stelle aus dem Hause? Er hat sich an uns festgesogen wie ein Blutegel, und wie schlecht er in der Speisekammer von dem Herrn Notar gesprochen hat, mag ich gar nicht in den Mund nehmen. O Herr Notarius, was haben wir beide alles an diesem Menschen getan! Aber nun wendet sich mein Innerstes nach außen, und ich will alles vor jedem Kriminalamt zu Protokoll geben und auf dem Komposjuris beschwören, daß er vor meinen leiblichen Ohren gesagt hat, aus diesem selbigten Zimmer, in welchen der Herr Notar sitzen, wollten wir unsern Salong machen, und wenn wir auch nicht viel vom Juden für die Bücherscharteken besehen würden, eine neue Verputzung des Hauses würde es doch wohl abwerfen, und es wäre nur schade, daß wir den Herrn Notar nicht an die Anatomie verkaufen könnten: nicht wahr, er muß mit Sack und Pack auf der Stelle aus dem Hause?«

»Ich sehe die Notwendigkeit nicht ein«, sprach ich, und die Madam ließ die Hände sinken und starrte mich an. »Schicken Sie mir doch unsern werten Freund, sobald er nach Haus kommt«, fuhr ich fort, und laut schluchzend stürzte das gekränkte und getäuschte Weib fort. Ich stattete meinen Laren und Penaten den ihnen gebührenden Dank ab. Das war eine Neuigkeit, die sich hören und sehen lassen konnte.

So fahren wir durch die Welt, wie die Fliegen über dem Sumpfe, blitzschnell vorüber aneinander, schwirrend umeinander herum, nach allen Richtungen auseinander; so stoßen wir mit den Köpfen zusammen und greifen sehr verwundert nach den Brauschen.

Also die Schwester jenes Blinden!... Armer Bursche!

Ich hatte in diesem Augenblick eine Art von Vision, ein Gemisch von Triumph und bitterm Schmerz. Also doch gepackt von den Unterirdischen! Fühlst du die Schlinge um den Hals, Friedrich Winkler?... Also doch gefaßt von den eisernen Haken der Gemeinheit! Sträube dich! Sträube dich! Schüttle deine Flügel! Du hast mir einen guten Sieg abgenommen, und ich habe dich beneiden müssen; du erhobest dich in deiner Unwissenheit über meine Weltklugheit – was wird nun das Ende sein? Wir werden uns begegnen auf dem Kreuzwege, wir, die wir auf so verschiedenen Pfaden hinschritten durch die Welt. Armer Friedrich, es ist doch ein schlechter Trost, daß wir nichts voreinander voraus haben, daß wir, der eine wie der andere, mit hunderttausend Brüdern oder Weizenkörnern, der mächtigen, schweren Hand verfallen, die uns unbarmherzig von dem vollen Scheffel streicht! Weshalb haben wir uns auch nicht gedrückt wie die andern? Es würde wohl noch ein behagliches Plätzchen für uns übrig gewesen sein!

Diesen oder einen ähnlichen Monolog hielt ich, indem ich auf die Erscheinung meines Hausfreundes wartete; ich wußte, daß er die Unverschämtheit haben werde, zu kommen; hatte er ja den Glauben, mich zu beherrschen.

»Herr Notar«, sagte er, »Sie sehen einen Narren vor sich; ich weiß, daß Sie sich nie in betreff meiner getäuscht haben und daß ich nichts bin in Ihren Augen als ein Lump, der auf seine Weise nach Luft schnappt. Sie machen sich nichts aus dem, was die Welt spricht, und ich mache mir nichts daraus. Sie haben der Welt demonstrieren wollen, daß man mit einem Lumpen leben und doch der Herr Notar Hahnenberg bleiben könne – bon! Und ich – ich lasse es mir gefallen, weil es mir Gelegenheit gibt, meine Flossen in der Sonne zu wärmen – dito bon! Sie sehen einen Narren, einen ganz extraordinären Narren vor sich, und ich weiß, daß die Hexe drunten in der Küche hier um Sie herum die Luft für mich vergiftet hat. Hier stehe ich wie der gefärbte Esel aus Gellerts Fabeln – grün an dem Leib, rot an den Beinen –, und wenn es nicht anders sein kann, so will ich ausziehen, denn ich verdiene es in der Tat nicht besser; es ist zu dumm, zu abgeschmackt, ich weiß es, aber ich kann ja nicht davon lassen, die kleine spanische Fliege hat es mir angetan; – o Herr Notar, Sie sollten sie nur kennen!«

»Wie alt ist das Mädchen?«

»Ja, da liegt's! sagt Shakespeare. Achtzehn oder neunzehn – höchstens zwanzig Jahre. Und ich habe fast ein halbes Jahrhundert auf dem Nacken und verdiene von Rechts wegen, jeden Morgen fünfundzwanzig aufgezählt zu kriegen; aber ich bin verhext, und jetzt sehe ich klar den Unterschied zwischen einem großen Mann und einem kleinen. Ich habe mich mein ganzes Leben durch bestrebt, mich nach dem Herrn Notar zu bilden; ich habe mir so viele Mühe gegeben, und nun sitze ich in meinen alten Tagen da fest, wo der Herr Notarius vor vierzig Jahren anfingen; – es ist zu lächerlich, es ist zu dumm!«

Ich machte eine Faust in der Tasche meines Schlafrocks, aber ich zeigte sie dem Schuft nicht; denn der Rechtssinn und die Verblüfftheit hielten dem Ärger die Waage; ich ließ mich nur nach einer nachdenklichen Pause in alle Einzelheiten dieser merkwürdigen Tatsache einweihen und sorgte wie immer dafür, daß ich nur die Wahrheit, nichts als die Wahrheit erfuhr. Wie dieser Mensch durch das, was er »Liebe« nannte, so vollständig über den Haufen geworfen werden konnte, um alle seine kleinen Schlauheiten zu vergessen, um ganz und gar, wenigstens zeitweise, außerstand gesetzt zu werden, wie sonst seinen Vorteilen nachzugehen, zu kriechen und zu schleichen – warf auch mich fürs erste über den Haufen. Ich entließ den Harlekin, nachdem ich ihm die Ruhe meines Hauses eindringlichst anempfohlen hatte, und blieb allein mit dem besten Willen, die möglichste Klarheit und Ordnung in diese Verhältnisse zu bringen. Um einen guten Anfang zu machen, rief ich nach meinen Stiefeln, die seit langer Zeit in einem Winkel ein nutzloses Dasein führten; aber nachdem ich mit Mühe und Qual in sie hineingefahren war, ließ ich sie mir nach reiflicher Überlegung – wieder ausziehen: was half es, wenn ich hinter dem Volke, das *jetzt* lebte, in den Gassen herlief? War ich doch vor Jahren, als ich noch Lust an der Bewegung hatte, zurückgeblieben! Was ich in dieser Sache tun konnte, war leicht von meinem Armstuhl aus zu tun: ich hatte nur den Narren Pinnemann in möglichstes Ordnung zu halten; für das andere hatte mein Exmündel August Sonntag einzutreten, und ich erfuhr dann auch im Laufe des Sommers, daß derselbe herbeigerufen und gekommen sei – gekommen mit seiner jungen Frau. Von allen Seiten drang das, was schon längst nicht mehr in meinen Kreis gehörte, in denselben ein; es war plötzlich eine Veränderung mit mir vorgegangen, welche sich schwer schildern läßt. Trotz aller närrischen mouches volantes war mein Auge klar, mein Horizont frei geblieben; – was hatte es auf sich, was hatte es für Bedeutung für mich, daß ein Taugenichts einen Toren aus sich machte, daß ein Spielzeug, ein joujou, sein Geschnurr in meinen Händen änderte? Ich war allen greisenhaften Phantasmen zum Trotz jung gewesen bis zu diesem Augenblick; nun war das Alter über Nacht gekommen, denn ich verlor den Überblick; und die Gegenwart, der Augenblick, welche die zweite wie die erste Kindheit des Menschen beherrschen, gewannen ihr Recht über mich.

Es war ein wunderlicher Sommer. Ich, der ich mich nie geärgert hatte, ärgerte mich jetzt über die Fliegen an der Wand und über die Töpfe, welche die Madam Feuchtenbeiner in ihrem Grimm zertrümmerte. Ich bekam die Suppe versalzen und den Braten verbrannt, und Pinnemann – Pinnemann, mein Freund, mein Hofnarr und *zweiter* Schützling, Pinnemann, der in meinem Sold stand, um Purzelbäume vor mir zu schlagen, Pinnemann behauptete, das geworden zu sein, was die nichtsnutzige Welt »moralisch« nennt; er *weinte* vor mir, er drapierte sich in Reue, Zerschlagenheit und gute Vorsätze; er hatte »eine Göttin glücklich zu machen«. –

Es gab eine Zeit, wo ich mit großem Eifer das trieb, was die Million »Politik« nennt; ich nannte es Philosophie der Geschichte, um dem Dinge ein erhabeneres Ansehen zu geben, und der Name tat hier wie überall das meiste zur Sache. Es gab eine Zeit, wo ich die Geschicke der Erde abwog wie ein auswärtiger Minister der deutschen Mittelstaaten, wenngleich mit etwas weniger Bewußtsein meiner welthistorischen Bedeutung und Unentbehrlichkeit. Es gab eine Zeit, wo ich meine geistige und körperliche Hypochondrie in alle jene kindisch-hohen Fragen an die Gottheit, aus welchen der unzufriedene Mensch sich so gern den Mantel seiner Weisheit zusammenschneidert, auflöste. In jener stolzen Zeit würde ich es sehr lächerlich gefunden haben, wenn man mich aufgefordert hätte, ein Wesen kennenzulernen, welches der Agent Pinnemann, mein einstiger Schreiber, seine »Göttin« nannte. Jetzt fand ich es nicht mehr lächerlich.

Ich ließ mir diese Luise Winkler auf der Straße zeigen; ich sah sie am Arm ihres blinden Bruders gehen; ich beobachtete sie nach Überwindung mannigfachen Ekels in einem öffentlichen Garten und kam von diesem letzten widerlichen Wege matt nach Haus, setzte mich, ließ schwer beide Hände auf die Knie sinken und sprach:

»Was in aller Welt habe *ich* denn mit dieser Geschichte zu schaffen? Habeant! Mögen sie ihr Teil nehmen, habe ich doch das meinige nehmen müssen.«

Von diesem Augenblick an bis zu der Katastrophe im Herbst des verflossenen Jahres rührte ich mich nicht mehr und hatte strengen Befehl gegeben, nichts über die Türschwelle zu tragen, was nicht mit meinem allerpersönlichsten Behagen in Verbindung zu bringen sei. Ich fing um diese Zeit an, mich mit der Sprache und Kultur der Phönizier zu beschäftigen, zu gleicher Zeit aber stieg eines Morgens von irgendeinem in der Gasse verlornen Kohlstrunk eine feiste grüne Raupe zu meinem Fenster empor, kroch katzenbuckelnd über den Schreibtisch, stieg an der andern Seite desselben wieder herab, zog quer durch das Zimmer, kletterte an einem der Bücherrepositorien in die Höhe und verschwand hinter Athanasius Kirchers »Ars magna sciendi«, Amsterdamer Ausgabe von 1669, einem tüchtigen Folianten, der eine ungemeine Anziehungskraft für das Tier zu haben schien. Da ich das Buch nicht gebrauchte, hatte ich keine Ursache, dem Dinge den Weg zu verlegen; ich habe jeden Willen immer so weit als möglich respektiert. Wer konnte wissen, was für ein glückbringender Dämon in dieser grünen Raupe steckte, Frau Mathilde Sonntag geborene Frühling? Als ich nach acht Tagen den alten gelehrten Jesuiten, einer seiner subtilen Spekulationen wegen, hervorzog, stellte ich ihn vorsichtig sogleich wieder an seinen Platz – im Winkel zwischen dem Schnitt und der Pergamentdecke hing im grauen, zackigen Panzerrock die Hoffnung eines neuen Jahres und schlug bei leisester Berührung, sich sehr lebendig krümmend, mit dem Schwanze. En ars magna sciendi! Es war gestern nachmittag, Mathilde, als der ausgekrochene Schmetterling seine jungen Flügel auf meinem Schreibtisch entfaltete und mir und deinem Kinde, Mathilde Sonntag, um Nase und Näslein und die beiden gleich kahlen Schädel flatterte, ehe er seinen Weg zum Fenster hinaus und in den Frühling hinein fand; wer aber konnte sagen, was er am zweiten November des vorigen Jahres in seiner Puppenhülle träumte?

An diesem Tage war das Wetter in der Tat so, wie August Sonntag und sein Weib es schilderten, und in ganz unnovemberhafter Stimmung erwachte auch ich aus einem langen, vortrefflichen, traumlosen Schlaf. Keine Spur, kein Duft vom Papa Spierling! Kein schleichender Schatten an der Stubendecke! Kein hämisches Farbenspiel an der Wand! Es fehlten nur die Kirchenglocken, um das lyrische Gedicht meines morgendlichen Daseins vollständig zu machen; – ein außergewöhnlich lebhaftes Stimmengewirr in den untern Räumen des Hauses störte mich wenig in meiner Behaglichkeit. Ich war daran gewöhnt; Pinnemann und die Madam Feuchtenbeiner wünschten sich einen guten Morgen: die Liebe bringt eben nicht den Frieden, sondern das Schwert in die Welt. Während sie sich drunten auf dem Flur und draußen in den Gassen zankten, führte ich behaglich die weißen Lämmer meiner Phantasie auf die Weide, und als jemand leise an meine Tür klopfte, sprach ich mit Wohlwollen:

»Treten Sie nur ein, Pinnemann!«

»Guten Morgen, Herr Notar«, sagte eine freundliche Stimme. »Ich bitte tausendmal dieser Störung und Täuschung wegen um Verzeihung, hoffe aber, daß wir ihn Ihnen baldigst wieder in die Arme führen werden, und das mag mich entschuldigen.«

Nicht der Agent stand neben meinem Bett, sondern der geheime Agent Taube, den ich im Lauf meiner langen Praxis auch dann und wann nötig gehabt hatte. Lächelnd stand er da, eine geöffnete Schreibtafel in der Hand, und erstaunt konnte ich nur die Zipfelmütze lüften:

»Ei Herr Inspektor – was führt Sie – besten guten Morgen – wen wollen Sie in meine Arme zurückführen?«

»Ihren angenehmen Hausgenossen – meinen alten Jugendfreund und Schulgenossen Pinnemann – Karl Pinnemann – wissen Sie, Brüderschaft, ewige Freundschaft, Schmollis – jaja, ein jeglicher wandelt seine eigene Straße, aber wie sagt der Dichter? ›Der Zug des Herzens ist des Schicksals Stimme‹, und ferner: ›Ein jeder geht an sein Geschäft, und meines ist der Mord!‹ Bitte, sich nicht zu sehr zu alterieren, wir werden den lieben Flüchtling sicher noch vor seiner Abfahrt nach Amerika in die Arme schließen. Man inspiziert soeben unten seinen Nachlaß, und Ihre Gegenwart, Herr Notar, würde aus mehrfachen Gründen recht erwünscht sein; aber ich sage Ihnen für jetzt ein recht herzliches Lebewohl, und nun – auf nach Valencia! Wünsche Ihnen einen recht heitern Tag!«

Mit einer graziösen Verbeugung war die Erscheinung verschwunden, wie sie kam, und ich sammelte meine alten Knochen zusammen und fuhr in den Kaftan wie Shylock am Morgen, da Jessika mit den Dukaten und dem Türkis Leas durchging. Erst fühlte ich nach einem gewissen Schlüssel unter dem Kopfkissen und fand ihn glücklicherweise noch; dann aber gedachte ich einiger fälligen Wechsel, deren Einkassierung ich dem Entwichenen übertragen hatte, überschlug schnell die Geldsummen, welche außerdem im Bereich seiner Hände lagen, und gelangte unter dem auf dem Hausflur in immer höheren Tönen gellenden Hohn-und Triumphgeschrei der

Madam Feuchtenbeiner zu der Überzeugung, um ungefähr fünftausend Taler an weltlichem Besitztum ärmer zu sein. Die Sache ließ sich tragen, und ich stieg hinab zu den Beamten, welche noch mit Versiegelung der Effekten Pinnemanns beschäftigt waren, einige Fragen an mich zu stellen hatten und mir ferner alle näheren Umstände, welche die schleunige Verfolgung möglich gemacht hatten, mitteilten. Die Prudentia, jene Feuer-und Hagelversicherung, welche ihrem ebenfalls flüchtig gewordenen Kassierer nachächzte, hatte den ersten Alarmruf erschallen lassen, und die Polizei hatte die kostbaren Minuten mit Hingebung benutzt; – man gab mir die Versicherung: es sei »kein Grund zur Besorgnis« vorhanden. –

Ich war im stillen ziemlich verwundert, daß die Madam Feuchtenbeiner mich noch nicht an ihrem Jubel hatte teilnehmen lassen. Jetzt stürzte sie, eben als sich die Beamten entfernten, in die Tür und beinahe mir an den Hals:

»Er hat sie mitgenommen, er hat sie mitgenommen, und jetzt ist alles gut und in Ordnung, und jeder hat sein Teil, und eine Gerechtigkeit gibt es auch noch im Himmel, und Sie, Herr Notar, rufe ich zum Zeugen vor Gott und den Menschen auf!«

Wiederum erfaßte mich der große Ekel an dem eigenen Sein und Wesen; – ich hatte an alles gedacht: an meine gestörten Morgenbetrachtungen, an die fünftausend gestohlenen Taler, an den Inspektor Taube, nur nicht an das hübsche, alberne Schwesterchen Friedrich Winklers. Mit einer Verwünschung, die ich nicht wiederholen kann, verkroch ich mich, ohne der entzückten Furie jetzt zu antworten, saß wie ein Stumpfsinniger vor meinem Tische und hörte, Stunde auf Stunde, die Glocken schlagen, ohne zur Besinnung gekommen zu sein. Um drei Uhr am Nachmittag jagte ich die Madam Feuchtenbeiner aus dem Hause, und zwanzig Minuten nach fünf – kam Mathilde Sonntag! – – – –

Es ist ein geheimes, geheimnisvolles, unheimliches Leben um den Menschen her in den Augenblicken, wo er nicht das geringste mehr mit sich anzufangen weiß, wenn der Tropfen, welcher den Eimer überfließen macht, herabgefallen ist. Man hört überall ein Klopfen, ein Krachen: die lebendig begrabene Vergangenheit ängstet sich ab und wehrt sich gegen die Finsternis und den Tod; aber es gibt ja keine Zukunft mehr, die Erde liegt hoch über dem Sargdeckel: was soll der Lärm?

Im Verhältnis zu dem langen, strengen, kampfvollen Leben, welches mein Teil auf Erden gewesen war und welches ich nicht in diese Bogen legen kann, wie ein junges Mädchen ein Vergißmeinnicht in ihrem Stammbuch aufbewahrt, war das, was mir heute an diesem zweiten November 1861 geschah, wenig bedeutend; aber es jagte mich aus meinem letzten Versteck. Zum erstenmal gab ich etwas auf das Urteil der Welt, zum erstenmal fürchtete ich, mich lächerlich zu machen; ich erhängte mich nicht. Ob ich diese Furcht vor dem Urteil anderer Leute auch morgen, übermorgen, in vier Wochen noch haben würde, war freilich eine zweite Frage.

Mit Geheul und Gebell war die Haushälterin abgezogen; ein verwahrlostes, lumpenhaftes, zitteriges junges Aschenbrödel war allein in den untern Räumen des Hauses zurückgeblieben und saß wahrscheinlich im Winkel am Herde, den Kopf furchtsam in der Schürze verbergend. Trotz meiner großen Bibliothek hatte ich vor diesem armen Ding nicht das kleinste mehr voraus, und als es mit Gewinsel an meine Tür klopfte, weinend über großen Hunger klagte und berichtete, die »Madam« habe es den ganzen Tag über bis zu ihrem Abzug im Kohlenloch eingesperrt gehalten – fühlte ich mich vollständig eins mit ihm und hätte es, mit meinem Schlafrock angetan, vor das Encheiridion des Epiktet in meinen Lehnstuhl setzen können. Ich gab ihm aber die Mittel, um sich satt zu essen, und somit die Gelegenheit, sich über meinen Gemütszustand zu erheben; vor dem törichten Buche blieb ich selber sitzen.

Um vier Uhr dreißig Minuten nahm der Sonnenstrahl von der Decke vermittelst eines krampfhaften Sprunges Abschied. Er war dagewesen, ehe man sagen konnte, daß er nicht mehr da sei: *sie* aber hatte sich das ausgesucht, was behagliche Menschen ein »trauliches Dämmerstündchen« nennen, um mir *ihre Meinung* zu sagen.

Die Dämmerung war gekommen; aber ich wußte nicht, welche kleinen Füße in den Gassen mühselig den Weg zu meinem Hause suchten. Ich hörte die Wagen rollen, ich hörte die Menschen rennen und trippeln und trappeln; alle hatten mit sich selber genug zu tun; ich aber besaß weder Gläubiger noch Schuldner, die ein Viertelstündchen mit mir verplaudert hätten. Das Schicksal hatte mir einen trefflichen Farbenkasten und Pinsel die Fülle mit auf den Weg gegeben; an Rot und Blau, an Grün und Gold und Silber war kein Mangel gewesen: da saß ich jetzt vor dem Gemälde meines Daseins und schüttelte den Kopf. »Richtige Zeichnung, richtige Zeichnung!« hatten Bücher und kluge Meister fort und fort geschrien, und ich hatte ziemlich richtig gezeichnet; allein die bunten Farbenmuscheln hatte ich darüber vergessen; »ein recht mangelhaftes Kolorit!« sprachen Bücher und kluge Leute mit derselben Weisheit; ich aber hatte genug von ihnen und von mir, und einen Besuch hätte ich auch nicht angenommen, wenn er durch Aschenbrödel sich hätte melden lassen.

Der Besuch ließ sich nicht ankündigen; er fragte nicht höflich nach meiner Willensmeinung; niemand hielt die beiden armen, müden, kleinen Füße an der Haustür und an der Treppe auf. –

Es hatte mir jemand die Hand auf die Schulter gelegt und schüttelte mich, daß ich herumfuhr wie noch niemals in meinem Leben.

Jemand sagte: » Sie brauche ich wahrhaftig nicht zu fragen, ob Sie es sind! Ach du barmherziger Himmel! Jawohl; wenn Sie nicht der ägyptische Herr aus dem Glaskasten im Neuen Museum rechts hinter der Tür sind, so sind Sie der Pate Hahnenberg, und ich wünsche Ihnen einen guten Abend; bitte, behalten Sie Platz – mein Name ist Mathilde, und Sie haben uns wieder einmal eine schöne Suppe eingebrockt; aber dieses Mal bin ich da – ich, Mathilde Sonntag!«

Jemand starrte und stierte noch immer; aber ob ich das war, ich der Notar Hahnenberg oder der Schwiegerpapa Spierling oder der neue Präsident der Vereinigten Staaten Abraham Lincoln, war im Moment nicht zu entscheiden.

»O Gott, und mein Mann hat mir alle Aufregung verboten und hat recht darin, und hier sitze ich und zittere an allen Gliedern; – aber Luft muß ich mir machen – geben Sie mir ein Glas Wasser.«

Ich hatte die Wasserflasche ergriffen und goß ihren Inhalt neben das Glas auf den Schreibtisch; eine kleine Hand drückte mich wieder auf meinen Sitz herab; ich hörte ein helles, frisches Lachen:

»Ganz und gar, wie ich ihn mir vorgestellt habe! Und wenn Angst und Ärger mich noch hundertmal bösartiger an den Zöpfen hielten, mein Lachen über ihn muß ich herausheben; ich hab's mir geschworen – o Gott, Gott, also dies hier ist der Pate Hahnenberg? Der große Pate Hahnenberg, der berühmte Pate Hahnenberg, der liebenswürdige Pate Hahnenberg? Ganz mein Ideal, Liebster; nur noch eine Nuance zitronenfarbiger – ah!«

Ich war höchst – sehr überrascht, gänzlich aus aller Fassung gebracht; und die beiden Augen, welche mich jetzt über den Rand des Wasserglases ansahen, erwarteten etwas recht Kluges, eine schlagende Bemerkung, etwas recht Tiefes, Hohes als Antwort, und so stammelte ich denn:

»Madam, ich – Frau Doktor, ich – ich begreife nicht –«

Da ich in der Tat nicht begriff, so war's kein Wunder, wenn ich weder etwas Kluges noch etwas Schlagendes, weder etwas Tiefes noch etwas Hohes zum Vorschein brachte, sondern kläglich steckenblieb und der Besitzerin jener zwei Augen das Feld vollständig überließ.

»Wer verlangt denn auch, daß Sie begreifen sollen? Rechenschaft sollen Sie geben. Glauben Sie etwa, ich sitze hier gleich den andern, um mich aus meiner Gemütlichkeit starren zu lassen? Sie haben es in Ihrem Leben mit allerlei Volk zu tun gehabt, aber noch nicht mit mir, Mathilde Frühling aus Hohennöthlingen. Verlangen Sie etwa gar, ich solle Ihnen wie die andern den Rücken wenden oder wie die andern mich vor Ihnen verkriechen? Das wäre noch besser! Sie haben all Ihr liebes Leben lang auf einem hohen Pferde gesessen; aber, wissen Sie, Papa, das imponiert mir gar nicht. Und jetzt antworten Sie: was haben Sie mit der Schwester meines Freundes Friedrich Winkler angefangen? Mein Mann jagt dem albernen Mädchen nach; ich aber stehe derweilen zu meinem armen, blinden Freund und Bruder Fritz und frage Sie nun, Herr Notar Hahnenberg, wieweit Sie sich für den heutigen Tag zur Rechenschaft verpflichtet fühlen!«

Ich hätte mich an jede beliebige Dachrinne als Eiszapfen hängen können, und zwar als ein Eiszapfen bei Tauwetter – kalt, lang, spitz, mit einer Neigung, zu Wasser zu werden.

»Frau Mathilde Sonntag«, sprach ich, » *ich* habe nicht Fräulein Winkler mit dem Agenten Pinnemann auf Reisen geschickt, sowenig, als ich –«

»Ach, wenn es mir nur nicht verboten wäre, mich aufzuregen!« rief die kleine Frau, mit dem Fuße meinen staubgrauen Teppich stampfend. »Wenn Sie die Gans und den alten pomadisierten Reineke nicht auf Reisen geschickt haben, so haben Sie doch Ihre Freude daran gehabt. O ich habe Sie studiert, Papa Hahnenberg, wenn ich auch nicht das Vergnügen hatte, Sie persönlich zu kennen. Das war wieder etwas für Sie, so dazusitzen im Winkel wie ein greulicher Uhu und sich weise und klug und gescheit über alle Begriffe zu dünken und seine Freude zu haben, wenn das andere dumme Volk sich abquält und sorgt und in den Graben purzelt und mit der Nase gegen die Wand rennt. Ich danke für solche Weisheit, und, gottlob, mein August hat auch dafür gedankt, als Sie vor Jahren den Trichter ansetzten und auffüllen wollten, und Friedrich Winkler dankt auch dafür, und die Leute, welche die Augen vor Ihnen verdrehen und vor Staunen und Bewunderung vergehen wollen, *die* machen schlechte Streiche und schicken arme Leute nach dem Pfefferlande als Auswanderer und brennen selber durch, wenn sie der Posse müde sind. Ich habe meine lächerliche Viertelstunde gehabt, und so will ich Ihnen denn sagen, Herr Pate, daß Sie uns, daß Sie mir recht herzlich leid tun; – ich bin eine Doktorsfrau; haben Sie etwas dagegen, wenn ich Ihnen den Puls fühle?«

Ich schüttelte den Kopf und sagte:

»Also der blinde Friedrich hält mich für den Urheber dieser Flucht seiner Schwester, glaubt, daß ich Freude darüber habe, weil er mir einst jenen Knaben entführte? Sie dürfen schon Mitleid mit mir haben, Mathilde Sonntag!«

»So gescheit, so klug, so weise!« rief Mathilde, von ihrem Stuhl aufstehend. »Ich bin nur ein dummes Hohennöthlinger Mädchen, aber ich weiß mehr von den Menschen als der Herr Notar, welcher keinen einzigen Prozeß verloren hat. Sie sind weit zurückgeblieben auf dem Wege, Sie armer Mann; – da müßte selbst der Lerche am Pfingstsonntag das Lachen vergehen! Leben Sie wohl, Herr Notar, und verzeihen Sie die Störung – es war eine Grille, welche mir durch den Kopf fuhr.«

Sie zog ihren Mantel zusammen, machte mir eine Verbeugung, ließ den Schleier fallen und wandte sich nach der Tür. Als sie die Hand auf den Griff legte, rief ich sie:

»Mathilde!«

Sie wendete sich noch einmal zurück und entschied das Schicksal meiner alten Tage. Sie machte ein recht böses Gesicht, aber sie war nahe vor dem Weinen.

»Mathilde Sonntag, weshalb sind Sie an diesem Abend zu mir gekommen?«

Sie kam zurück, beugte sich über mich und sah mir, mit einer Träne an jeder Wimper, fest ins Gesicht.

»Weil ich die einzige von euch allen bin, welche jedem sein richtiges Teil gibt; – weil ich die einzige Vernünftige unter euch allen bin. Jeder von euch ist mit seinem Luftballon voll Hochsinn und Philosophie und was weiß ich hinaufgefahren ins Himmelblau, und wenn ich nicht wenigstens meinen August an einem tüchtigen Stricke hielte, so wär's schlimm. Es ist aber doch schon schlimm genug! Zueinander könnt ihr nicht, wenn ihr euch gleich alle auf die nämliche Art aufgeblasen habt; jeder sitzt in seinem Luftkorb und guckt mit dem Perspektiv nach dem andern, und mein armer, blinder Fritz hat *dazu* noch das meiste Recht; er hat wenigstens viel bessere Augen als der Pate Hahnenberg! Da bin ich von Hohennöthlingen einzig und allein deshalb hierhergekommen, um den Paten Hahnenberg zu studieren – natürlich den Geheimen Medizinalrat sowie den Coprosaurus beiseite gelassen! –, und habe wunder gedacht, was für eine Nuß da zu knacken sei. Sehe ich aus wie ein Nußknacker, alter Herr?«

Die plötzliche, unvermutete Frage brachte mich mehr als alles andere außer Fassung. Mathilde saß wieder auf dem Stuhl neben mir; sie war sehr hübsch, und ich wußte noch immer nicht, was ich ihr sagen, was ich antworten sollte; sie hielt mich moralisch an der Nase und seifte mich ein wie der beste Barbier.

»Ich will Ihnen etwas mitteilen, Papa Hahnenberg; aber Sie müssen es nicht übelnehmen. Sie dürfen ganz dreist eine ziemliche Portion verdorbener Luft, oder was man sonst Gas nennt, aus

Ihrem Luftballon herauslassen, wenn Sie nicht demnächst auf dem Monde oder an irgendeinem andern unbehaglichen Orte anlangen wollen. ›Vom Erhabenen zum Lächerlichen ist nur ein Schritt‹, sagte Cicero, der, wie August sagt, auch nur ein Notar in Rom war, und wenn es ein andrer gesagt hat, so ist's auch einerlei. Erhaben sehen Sie wahrlich nicht mehr aus, Papa, und wenn alle klugen Leute nicht klüger sind wie Sie, so will ich wahrhaftig dem lieben Gott danken, daß er mir nicht ein Paar Höslein angemessen hat in der Wiege und mir wenigstens meiner Mutter Erbteil an Verstand zukommen ließ. *Sie* möchte ich zum Schwiegervater haben! Gehen Sie in sich, stiften Sie ein Spital für Ihresgleichen und geben Sie Ihrem Freund Pinnemann die Direktion der Anstalt. Guten Abend.«

Ich hatte viele vortreffliche Reden in meinem Leben anhören müssen, aber keine hatte mich so ergötzt wie diese: »Und du willst aus Hohennöthlingen sein, Hexe, Mädchen, Weib, oder was du sonst bist?!« rief ich sehr vergnügt. »Woher kommst du? Wer bist du? Was willst du von mir? Sage mir, was du verlangst; ich will alles tun! Ich will auf allen vieren gehen und Gras fressen wie der König Nebukadnezar, der sich auch den Göttern gleich geachtet und nach den Speisen auf ihrem Tische gegriffen hatte; – ich will der Luise Winkler mein Vermögen vermachen, und sie soll trotz ihrer Eskapade einen christlichen Baron zum Mann bekommen; das Spital wird ganz selbstverständlich gegründet, und ich will – – ja, was will ich? – – Ich will zum zweitenmal Gevatter stehen in meinem Leben, Mathilde Sonntag, und zeigen, daß ich etwas gelernt habe, seit man schrieb achtzehnhundertneunundzwanzig!«

»Das ist alles eitel Torheit!« sprach meine Besucherin mit größester Würde. »Mein Mann befindet sich in Hamburg, wo er Ihrem Freunde Pinnemann nachsetzt, Herr Notarius; – Sie brauchen sich also nicht vor ihm zu fürchten. Ich aber will mir für die nächste Zeit die guten Tage und die Stimmung nicht verderben lassen; das Feuer in Ihrem Ofen ist erloschen, und Nacht wird es auch; – wollen Sie mich heimbegleiten? Das andere wird sich allgemach finden.«

Sie hatte mir einen Ring durch die Nase gezogen und einen seidenen Faden daran geknüpft. Sie führte mich an diesem Faden durch die Gassen, und wir sprachen – von Hohennöthlingen. Ich wollte sie in einem Wagen nach Hause schaffen; aber sie »konnte das Fahren nicht vertragen«; wir gingen recht langsam unseres Weges.

Wir sprachen über Hohennöthlingen, und ich hielt es für meine Pflicht, zu versichern, daß der Ort mir vor Jahren ausnehmend wohl gefallen habe. Ich hatte den Rektor Frühling gekannt, als er noch ein demütiger Kandidat des hochlöblichen Schulamts war, und der Frau Rektorin entsann ich mich auch noch als einer scheuen, errötenden Blondine mit einem mächtigen Schildpattkamme und einem großen Strickbeutel. Es war so interessant; man trug damals kurze Kleider und Schinkenärmel und keine Spur von Krinoline, und der närrische, steinerne Kerl an der Rathaustreppe hielt noch immer den Finger an die Nase, und der Mühlbach kam noch immer im Galopp den Gänseberg herabgelaufen; die Kirchenuhr ging noch immer nicht so richtig, als man wünschen konnte, und das Röhrwasser blieb noch immer gewöhnlich dann aus, wenn man es am nötigsten hatte.

So kamen wir durch die Gasse, in welcher sich mein väterlicher Mohr und die Königin von Saba noch immer anstarrten. Die beiden Würdigen waren auch allmählich recht alt und gebrechlich geworden; – seit undenklicher Zeit hatte ich dieses Pflaster nicht betreten und wußte eigentlich nicht zu sagen, wie ich jetzt hieher kam.

»Jaja«, sagte Mathilde, »der Mühlbach in Hohennöthlingen springt noch immer lustig den Berg hinunter, und der Mohr mit der Pfeife und die Königin da sind auch noch vorhanden; aber dort haben Sie gewohnt, Herr Pate, und Ihre Eltern, und dort haben Augusts Eltern gewohnt; ich komme mir ebenfalls schon recht alt vor – es ist doch eine merkwürdige Geschichte, daß wir zwei beide jetzt durch diese Gasse gehen! Ist es nicht?«

»Sehr wunderlich!« sprach ich. »Ich glaube auch noch nicht recht daran; wer weiß, ob das, was wir jetzt erleben, in der Wirklichkeit vorgeht und existiert? Vielleicht ist morgen früh alles nur Traum und nicht wahr gewesen.«

»Sehr möglich!« sagte Mathilde Sonntag. »Nun, in zehn Minuten sind Sie Ihres Ritterdienstes entbunden; wir wollen uns dann eine recht angenehme Nachtruhe wünschen.«

Wir setzten schweigend unsern Weg fort; die Lampen und Laternen wurden angezündet, und wir standen in einer andern Gasse wiederum still.

»Hier wohnt Friedrich Winkler, Frau Mathilde«, sagte ich »Das wollten Sie mir doch mitteilen?«

Das kleine Weib ließ halb erschreckt meinen Arm fahren und sah mir beim flackernden Schein des Gaslichtes höchst verwundert ins Gesicht.

»Wenn Sie nicht zu ermüdet sind, Mathilde, können wir da oben noch einen Besuch abstatten; – Sie haben sich viel Mühe meinetwegen gegeben, Sie haben mir tüchtig die Wahrheit gesagt, Sie sind entsetzlich grob gewesen, und ich bin Ihnen sehr verbunden. Kommen Sie, Liebchen, vielleicht retten wir etwas mehr als den bloßen Traum von dem heutigen Abend.«

Ich habe immer noch in jeder Kollision das letzte Wort und die letzte Tat gehabt, und so hatte ich beides denn auch jetzt. Auf dieser steilen, dunklen Treppe führte ich meine Begleiterin wirklich; vor die Haustür hatte sie mich geführt. Ich fühlte, wie die kleine Hand an meinem Arme zitterte; – – wir klopften an und traten ein in das lichtleere Gemach des Blinden. Mit dem Schritt über *diese* Schwelle war das Fazit meines Lebens gezogen. –

Wer klopft da nun wieder an *meine* Tür? Man mag sich doch stellen und setzen im Leben, wie und wo man will: Ruhe gibt's nicht!

»Komm herein, Aschenbrödel!«

Die Tür hat sich geöffnet; es schiebt sich eine weibliche Gestalt in das Zimmer; aber Aschenbrödel ist's nicht; – Aschenbrödel, welche nicht mehr ihre Tage im Kohlenloch verbringt, schläft längst den Schlaf wohlbehaglicher Sättigung. Das Spital, dessen Stiftung Mathilde mir anempfahl, ist gegründet; aber Pinnemann wurde nicht Vorsteher desselben, er wird demnächst doch noch nach Amerika auswandern; ich aber habe mir eine Wärterin geworben, die vor mir tanzt, wenn sie nicht ihre reuigen und zerknirschten Stunden hat.

»Du bist es, Luise? Kind, Kind, es ist längst Mitternacht vorbei –«

»Ich kann nicht einschlafen; ich habe es vergeblich versucht! Es ist so still im Hause – ich fürchte mich so sehr in meiner Kammer, und die Musik vom Tivoli hört man auch die ganze Nacht hindurch. O lassen Sie mich noch eine Stunde hier sitzen, ich will mich auch nicht rühren!«

Meine jetzige Haushälterin sitzt mit ihrem Strickzeug mir gegenüber, und ich betrachte sie von Zeit zu Zeit ganz verstohlen. Sie sieht nicht auf; sie hat Furcht vor mir und ahnt nicht, wie wenig ich ihr vorzuwerfen habe. Wir führen eine gute Feder, August Sonntag; aber wir wollen uns dessen doch nicht überheben! Es steigt jeder in *seinem* Luftballon in die Höhe, Frau Mathilde, und die Füllung ist auch nicht immer dieselbe. Viele fromme und kluge Leute haben sich seit Jahrtausenden den Kopf zerbrochen, um ein Normal-Steuerruder für diese Luftschiffereien zu erfinden; es haben sich auch nicht wenige Leute ein Patent auf ihre Erfindungen geben lassen, aber man hat noch nicht vernommen, daß sie den Hafen des Glücks in geradester Linie erreicht hätten.

Luise hat das Strickzeug in den Schoß sinken lassen; die Augen sind ihr allmählich zugefallen, sie schläft; aber sie spricht im Schlaf.

Was sagt sie?

»Nimm mich mit, Fritz!«

Die hübsche Sünderin hat im Wachen noch immer mancherlei wunderliche Wege, auf denen man sie scharf im Auge behalten muß; ich möchte wohl wissen, wohin sie der blinde Bruder jetzt mit sich nehmen soll?!

Ich wünsche nicht mehr, wie im Jahre achtzehnhundertneunundzwanzig, diese Aufzeichnungen am folgenden Tage fortzuführen; aber eure Kinder, August und Mathilde Sonntag, sollen das Recht haben, *ihre Federn* stumpf daran zu schreiben, wenn man zählt:

achtzehnhundertzweiundneunzig.

Made in the USA
Monee, IL
07 July 2026

56552361R00049